HEYNE <

Das Buch

Wilhelm Gossec »Haushaltsauflösungen, fachgerechte Entsorgung inclusive« betreibt einen Trödelladen im Münchner Schlachthofviertel. Um sich hier durchzuschlagen, braucht man ein dickes Fell und eine Portion Kaltschnäuzigkeit. Gossec hat beides. Es ist der heißeste Sommer, seit Temperaturen gemessen werden, als Gossec auf seinem Anrufbeantworter einen Hilferuf seiner Ziehtochter Pia Sockelmann vorfindet. Pia, als Hip-Hop-Sängerin Sister Sox zu einiger Berühmtheit gelangt, hat lange nichts von sich hören lassen, er ist beunruhigt, fährt zu ihrer Wohnung. Dort liegt ein Mädchen tot im Bad. Pia ist verschwunden. Und Gossecs Leben mit einem Schlag verändert. Ehe er sich versieht, steht er zwischen allen Fronten und findet sich auf einer rasanten Hetzjagd durch die bayerische Metropole: Nicht nur Kriminelle verschiedenster Größenordnung versuchen ihn aus dem Weg zu räumen, auch die Polizei hat sich an seine Fersen geheftet.
Die Krimiserie um Kommissar Gossec hat sich weit über die Grenzen Münchens hinaus zum Kult entwickelt.

Der Autor

Max Bronski, geboren 1964 in München, hat seine Heimatstadt nie verlassen. Nach einem abgebrochenen Theologiestudium hat er sich mit verschiedenen Jobs durchgebracht, gemalt und geschrieben.

Max Bronski

Sister Sox

Kriminalroman

WILHELM HEYNE VERLAG
MÜNCHEN

Die Originalausgabe erschien 2006 im Verlag
Antje Kunstmann GmbH, München

Verlagsgruppe Random House FSC-DEU-0100
Das für dieses Buch verwendete FSC-zertifizierte Papier *Holmen Book Cream*
liefert Holmen Paper, Hallstavik, Schweden.

Vollständige deutsche Taschenbuchausgabe 01/2010
Copyright © 2006 by Verlag Antje Kunstmann GmbH, München
Copyright © 2010 dieser Ausgabe
by Wilhelm Heyne Verlag, München,
in der Verlagsgruppe Random House GmbH
Printed in Germany 2010
Umschlagfoto: © Ryan McVay/gettyimages
Umschlaggestaltung: Hauptmann & Kompanie Werbeagentur,
München-Zürich
Druck und Bindung: GGP Media GmbH, Pößneck
ISBN: 978-3-453-43479-0

www.heyne.de

»Er sah gegen die gelbliche Wolkenwand, die von der Theatinerstraße heraufgezogen war und in der es leise donnerte, ein breites Feuerschwert stehen, das sich im Schwefellicht über die frohe Stadt hinreckte...«

Thomas Mann

1

Der erste Eindruck war zutreffend. Die Frau am Telefon war unangenehm. Sie hatte eine Stimme, so brüchig wie die von Tante Lisbeth. Sie redete zu viel, zu eilfertig, auf eine dienernde Weise versuchte sie mir ihre Wünsche mundgerecht zu machen. Ich habe in der *Süddeutschen Zeitung* ein Dauerinserat geschaltet: Haushaltsauflösungen kostenlos. Fachgerechte Entsorgung inklusive. So blieb ich im Geschäft. Ein bisschen fiel immer ab, etwas Brauchbares, manchmal sogar Rares, das sich in meinem Laden präsentieren ließ. Früher hieß er *Gossecs Trödel*. Inzwischen firmiere ich als *Antiquitäten Gossec*, denn in einer gediegenen Stadt wie München verkaufen sich gebrauchte Stücke nur noch, wenn es sich um Antikschätze handelt. Die Anruferin hatte auch keinen Haushalt zur Auflösung anzubieten, sondern nur einen Schuppen, noch dazu in der Nähe von Allershausen. Trotzdem betrieb ich aktiv Selbstüberzeugungsarbeit, malte mir eine Scheune voller antiquarischer Kostbarkeiten aus, die ich nur aufzuladen hätte, und sagte zu.

Als ich mit meinem Mercedes-Bus dort eintraf, empfing mich an der Hofeinfahrt ein halbwüchsiger Junge, ein stämmiger Kerl in knielangen Satin-Turnhosen mit Speckbauch, der mich nach Polizistenmanier mit der Ladefläche rückwärts zu einem Bretterverschlag hin einzuwinken versuchte. Dann holte er seine Mutter, die Frau mit der Tante Lisbeth-Stimme. Schon ein kurzer Blick von der Tür aus genügte. Ein schlauer Bauer hatte sein Holzlager mit Gerümpel vollgeknallt und überlegt, wie er einen Simpel wie mich aus der Stadt herbeilocken könnte, der ihm den Krempel vom Hals schaffen würde. Ich sagte, für Sperrmüll sei ich nicht zuständig, und machte auf dem Absatz kehrt. Auf einen Schlag wurde die Frau ausfällig. Es hat keinen Sinn, mit ordinären Frauen herumzudebattieren. Wäre Tante Lisbeth Onkel Georg gewesen, hätte ich ihm eine runtergehauen. Als ich im Führerhaus meines Busses saß, merkte ich, dass etwas gegen das Blech dengelte. Der Jungpolizist bewarf mich mit Steinen. Ich startete, schlug mit der flachen Hand den ersten Gang hinein und trat das Gaspedal durch. Der Wagen machte einen Sprung, und die beiden brachten sich in Sicherheit. Ich nahm nicht den direkten Weg zur Ausfahrt, sondern querte noch ihre Petunienrabatten neben dem Kiesweg. Man ist ja nicht das Arschloch vom Dienst.

Der schlechteste Fall war eingetreten, aber vollkommen wehrlos war ich nicht. Um den Frust abzufedern, hatte ich einen Besuch bei meinem Freund Hinnerk vereinbart, der in Unterastbach unweit von Allershausen das ehemalige Pfarrhaus bewohnt. Als sie ihm das Haus verkauften, war er noch Herr Rab. Seit sie seinen Vornamen kennen, ist er ein Außenseiter. Als würde ein Rasso Selchbeitl auf einer friesischen Insel Fuß zu fassen versuchen. Geht nicht. Auch deshalb neigt Hinnerk zu Schwermut. Vorsichtshalber lud ich noch zwei Kästen Weißbier im nächsten Getränkemarkt auf. Dann war alles gut: Freitag im August, und ein sonniges, heißes Wochenende stand bevor. Wahrscheinlich hatte ich mich nur deswegen selbst reingelegt, um mir zwei Ferientage auf dem Land gönnen zu können. Kurze Zeit später saß ich auf der Terrasse, trank Weißbier, guckte hinunter auf den Astbach, der durch Felder und Wiesen mäanderte, und ließ mich von den spätsommerlich aggressiven Schnaken zerstechen. Hinnerk stiefelte im Garten herum, der sich weit bis an den Bach hinunter zog, und sammelte Holz. Er schichtete einige Arm voll neben der Feuerstelle auf. Er machte das für mich. Schon der Hominide war tief befriedigt, wenn er abends in ein flackerndes Feuer gucken konnte. Bis die Nacht heraufzog und das Glimmen und Glosen der kokelnden Glut mit einem klaren Sternenhimmel zu harmonieren begann.

– Siehst du das, sagte Hinnerk.

Hinnerk schob sich ständig mit dem kleinen Finger die Nickelbrille nach oben. Er schwitzte, und so glitt die Brille auf seiner feuchten Nase immer wieder nach unten. Aber das machte ihm nichts aus. Er war beschäftigt, sinnlos zwar, trotzdem muss man sich Hinnerk dabei als einen glücklichen Menschen vorstellen. Er wies auf einen Drahtzaun, der scheinbar zwecklos durch das Gelände verlief.

– Das da, – Hinnerk zeigte auf einen Baum jenseits des Zauns –, das da ist eigentlich mein Apfelbaum.

– Sieht nicht danach aus.

– Vor einer Woche, Hinnerk flüsterte und zeigte auf das Nachbarhaus, hat Plattner in einer Nacht-und-Nebel-Aktion den Zaun hingestellt. Er wusste, dass ich unterwegs war.

– Und jetzt?

– Suche ich die Einträge im Grundbuch zusammen. Was

mir fehlt, ist ein Protokoll, in dem wir die Grundstücksgrenze genau festgelegt haben.

– Und dann?

– Wird eben prozessiert.

– Mann o Maus Hinnerk! Das kann Jahre dauern.

Hinnerk nickte und schaute traurig. Sein strubbeliges blondes Haar war klitschnass. Sein olivgrünes T-Shirt mit den dunklen Flecken war wie ein Schaubild der menschlichen Schweißdrüsendichte am Oberkörper.

– Ich koch dann mal, sagte Hinnerk und verschwand im Haus.

Drinnen werkelte er vor sich hin. Er machte Kartoffelsalat mit Gurken. Dazu würde es Bratwürste geben. Über dem Feuer gegrillt. Drei Weißbier hatte ich schon intus, und auch sonst war es etwas kühler geworden. Ein sanfter Wind zog über die Hügel. Von meiner Liege aus hatte ich den Bach im Blick, aber seitdem mich Hinnerk darauf hingewiesen hatte, kam mir dieser Maschendrahtzaun immer absurder vor. Widersinnig. Eine Schrunde mitten in dieser schönen Landschaft. Ein Denkmal menschlicher Bosheit und Besitzgier.

Ich wuchtete mich hoch und ging zum Schuppen. Werkzeug und Gartengeräte waren dort aufbewahrt. Das Teil, das ich suchte, lag an die Werkbank gelehnt, der gut ein Meter lange Vorschlaghammer. Ich schulterte ihn und ging zum Bach hinunter. Kricket und Krocket sind beides englische Spiele und für Unkundige nicht leicht auseinander zu halten. Kricket ist, bei allem Respekt, so etwas wie Baseball, während Krocket gern im Garten gespielt wird. Man befördert mit einem Schlaghammer den Ball durch Tore. So ähnlich, leicht und anmutig, haute ich Pfosten für Pfosten des Zauns weg. Schließlich rollte ich das Drahtgeflecht zusammen und zog es vor den Schuppen des Nachbarn. Ich schellte. Herr Plattner öffnete. Plattner war im Feinripp und trug eine der lustig superbunt gefleckten Boxershorts, in denen dicke Männer so gerne Sport treiben.

– Ich soll grüßen vom Herrn Rab, sagte ich. Er braucht den Zaun nicht mehr und hat mich gebeten, ihn zurückzugeben.

Plattner glotzte mich entgeistert an. Ich machte meine Glöcknernummer. Ein wenig bucklig, in den Knien wippend stand ich da, ließ die Armen tief nach unten hängen und den Vorschlaghammer hin und her pendeln. Plattner drückte die Tür zu. Ich hörte Kette und Riegel. Dann ging ich wieder hinüber zu meiner Liege. Hinnerk kam mit der Schüssel voll Kartoffelsalat aus dem Haus.

– Was für ein Blick. Herrlich und ganz unverstellt.

Hinnerk begriff und küsste mich auf die feuchte Stirn.

2

Sonntagnachmittag bestieg ich meinen alten Mercedes-Bus, um wieder nach Hause zu fahren. Von der Autobahn aus sah ich, dass schwefelgelbe Wolken München umkreisten. Zum Zentrum vorzustoßen, war ihnen noch nicht gelungen. Das konnte dauern.

Als Münchner behilft man sich bei solchen Wetterlagen.

Zwangsläufig. Derartige Druckverhältnisse sorgen dafür, dass man schon nüchtern einen so dummen Schädel hat, als sei man besoffen. Deshalb sucht man sich einen schattigen Platz in einem der Biergärten, die bald so überfüllt sind, dass an der Schänke die Maßkrüge ausgehen. Man bemüht sich mit anderen zusammen, die Lücke zwischen gefühlter und tatsächlicher Betrunkenheit zu schließen und den Rausch auf eine solide Grundlage zu stellen.

An der Ausfahrt Schenkendorfstraße war Schluss mit der angenehmen Luftzufuhr von draußen. Spätestens vor der schneckenartig gewundenen Auffahrt auf den Ring musste man die Geschwindigkeit drosseln, sonst landete man im Straßengraben wie die übermüdeten Langstreckentürken, die bei Freimann versäumt hatten, den Ziegelstein vom Gaspedal zu nehmen. In der Stadt waren die Straßen leer. Sogar der Ring. Ferienzeit, viele hatten sich in den Süden aufgemacht. Außerdem war es für draußen zu heiß. Die Sonne hatte den ganzen Tag auf den Steinhaufen draufgeknallt, der abends, wenn die Temperatur eigentlich erträglich wurde, wie ein Kachelofen Hitze abgab. Im Biedersteiner Tunnel umfächelte mich angenehme Kühle. Ein Versprechen auf mehr, und so nahm ich die nächste Ausfahrt zum Biergarten Hirschau. Neben einem BMW-Cabrio war sogar für meinem Bus noch Platz.

So wie hier am Rande des Englischen Gartens, wo man den Eisbach plätschern hören könnte, wenn nicht das dauernde Plopp-Plopp des nahen Tennisplatzes dazwischen käme, hat man sich die Umgebung vorzustellen, die sich Aloisius, der singende Münchner im Himmel, gewählt hat.

Da ist viel aus Holz: die Bäume, die Tische und Bänke, die Fässer und die Stäbe, an denen die Steckerlfische gebraten werden. Natürlich auch die Grillkohle. Ich genoss die friedliche Stimmung und fühlte mich durch das Bier angenehm abgekühlt. Ich beließ es bei einem und ging zum Wagen zurück.

An das Cabrio neben meinem Bus gelehnt, wartete ein ungeschlachter Kerl auf mich. Er richtete sich zu voller Größe auf, als ich mich näherte. Ich warf einen Blick auf das Nummernschild, und sofort war mir klar, dass Ungemach dräute. Fast alle Ebersberger, die nach München hineinbrettern, haben schnelle Autos. Wenn man Pech hat, so wie ich, sieht ein solcher Lackel wie der aus den Fugen geratene Sänger von Dschingis Khan aus. Groß, wuchtig, mit nach unten gezogenem Schnauzer, Lockenmatte den Hals hinunter, aber Ohren frei, deutlich zu fett, zu rotgesichtig und zu blond. Er grinste, als ich kam. Außerdem trug er eine Lederhose im Landhausstil. Sein weißes Hemd war aufgeknöpft, um die Brustwolle zu zeigen, und um den Hals hatte er ein rotes Tuch geknüpft, wie man es auch schwarzen Hunden gerne umbindet.

– Da, schau mal her.

Er zeigte auf einen Kratzer an seinem Cabrio, der mich so alt wie der Wagen selbst anmutete.

– Und, was machen wir da?

– Zahlen, sagte er.

Er hatte seine Hände in die Hosentaschen eingehakt. Der Hirschhornknauf eines Messers schaute heraus. Wahrscheinlich zum Schneiden von Spareribs oder Grillwammerl.

– Wie viel?

– Mit hundert Euro wäre ich einverstanden, antwortete er.

Ich beugte mich noch einmal über den Kratzer. Keine Frage, der war uralt. Aber mit dem Trick hatte er sicher nicht das erste Mal abkassiert. Geld versoffen und verfressen. Also nachtanken am Parkplatz bei irgendeinem unbedarften Simpel wie dem, für den er mich hielt. Um seiner Forderung Nachdruck zu verleihen, trat er einmal mit der Sohle seines Haferlschuhs an meinen Kotflügel.

– Moment, sagte ich.

Ich öffnete die Tür meines Wagens und klappte das Handschuhfach auf. Dort hielt ich für solche Zwecke eine kurze Ledergerte aufbewahrt, eine Sonderanfertigung für Graf Holbach selig, der damit seine Schäferhunde vertrimmt hatte. Ich zog ihm die Gerte über die ausgestreckte Hand. Er schrie, fluchte und hielt sich den rot aufquellenden Striemen. Ich angelte das Messer aus seiner Tasche und warf es in hohem Bogen ins Gebüsch. Dann packte ich ihn am Halstuch.

– Hau ab und versuch das nie wieder.

Er rannte zum Biergarten zurück.

– Ludwig, Herrmann – Hilfe!

Mit dreien konnte ich es nicht aufnehmen. Ich sprang in den Bus, startete und fuhr los. Als ich wieder auf den Ring fuhr, merkte ich, wie mir das Adrenalin das Blut in den Adern vorwärtspeitschte. Der Kupplungsfuß zitterte. Ich war froh, als ich endlich in die Fleischerstraße einbog und meinen Wagen im Hinterhof parken konnte. Hinter meinem Laden sind die zwei Zimmer, die ich bewohne.

3

Warum gibt es keine Löschtaste für solche Peinsäcke und schlechte Gedanken? Schlimm genug, dass sie überhaupt herumlaufen, muss man auch noch an sie denken. Ich hoffte, wenigstens den Abend so angenehm wie die Tage zuvor bei Hinnerk ausklingen lassen zu können, und holte mir aus dem Laden eine Teakholzliege. Ich stellte sie im Hof unter dem Baum auf und legte mich flach. Diese Edelliegen *wie neu* waren im Moment mein Verkaufsschlager. Das Stück zu fünfzig Euro. Ich hatte die ganze Partie von einem pleite gegangenen Saunaclub im Truderinger Gewerbegebiet übernommen. Auch Fransenschirme bot man mir an. Aber die sahen beschissen aus. Erinnerten an die Frisur von Elton John. Außerdem rochen sie nach dem Fichtennadelschweiß der Sauna.

Alles war ruhig. Bis auf Rübl, der in seiner Garage werkelte. Die grob hochgemauerte Schachtel hatte ein Wellblechdach und eine ehemals grüne Doppeltür, ebenfalls aus Blech. Das Stück war inzwischen eine echte Rarität. In so einer Garage hatte das Mädchen Rosemarie ihren Borgward abgestellt. Dort drinnen war ein ständiges Klopfen, Schaben und Dengeln. Aber Rübl durfte das, ihm gehörte das ganze Anwesen. Früher war seine Autowerkstatt im Hof untergebracht gewesen. Tunen und Lackieren waren seine Spezialität. Das ständige Inhalieren von Lösungsmitteln hatte Rübl halbdebil und vergesslich gemacht. Traurig, aber menschlich ein Gewinn: Aus dem derben Kapo war durch den Schaden ein freundlicher, älterer Herr geworden, der, mit sich und der Welt zufrieden, gerne vor seinem Haus saß. Hin und wieder pfiff er Elvis-Songs. Er grüßte jeden Passanten.

Die Abendschwüle drückte mir auf das Hirn, plättete alles wie mit einem heißen Bügeleisen. Jede Körperfalte schweißfeucht, mein Kopf eine Matschbirne. Ich stemmte mich aus meiner Liege hoch und ging zum Kühlschrank. Ein alter *Privileg* mit Wackelbein. Schwankte hin und her, wenn man ihn öffnete. Ich holte eine Packung Eistee mit Pfirsichgeschmack heraus und drückte mir den kalten 2,5 Liter-Quader eine Weile lang an die feuchte Brust. Dann erst goss ich mir das Glas voll. Wie immer lag noch ein frisches Päckchen Tabak unter dem Gefrierfach. Draußen wurde die oberste Schicht zu schnell trocken und dürr. Schon meine Mutter hatte ihren Kaffee im Kühlschrank aufbewahrt. Ich drehte mir zwei Zigaretten, steckte die eine sofort an und klemmte die andere hinter das Ohr. Ich gab der Kühlschranktür einen Tritt, der alte Kerl schwankte und begann sofort brummend zu rödeln, um den Kälteverlust auszugleichen. Das bereitete ihm Mühe und dauerte. Wenn er allerdings die Temperatur hinunter gedrückt hatte, machte er zum Abschluss hechelnde Geräusche wie ein Bär, der es endlich geschafft hat, sich einen runterzuholen.

Als ich wieder zu meiner Liege zurückging, lief mir Rübl über den Weg.

– Hallo Herr Rübl, ich bin's: Gossec. Wilhelm Gossec.

Ich sagte immer meinen Namen zu ihm. Vielleicht hatte sein löchriges Hirn noch einen Rest Aufnahmefähigkeit. Sollte ich mir im Haus je eine größere Wohnung leisten können, hätte ich dadurch einen klaren Vorteil gegenüber anderen Bewerbern. Rübl nickte grinsend.

– Alles klar, oder?

Er hielt eine fast ausgerauchte Zigarette zwischen Daumen- und Zeigefingernagel wie in eine Pinzette eingeklemmt, um noch einen letzten, heißen Zug nehmen zu können. Dann schnippte er den Rest auf den Teer. Obwohl er schon lange außer Dienst war, zog Rübl täglich eine weite, blaue Handwerkerhose an, die er mit einem eng geschnallten braunen Gürtel am Leib behielt. Er trug ein weißes Feinripp-Unterhemd, ein scharfer Kontrast zu seinen gebräunten Armen und Schultern. Selbst ohne Hemd hätte es ausgesehen, als trüge er eines: weiße Haut in scharf konturierter Unterhemdform. In seinem Gürtel steckte ein Zettel. Als ich genauer hinsah, bemerkte ich, dass mein Name darauf stand. Ich deutete auf die Nachricht.

– Gossec, das bin ich. Ist jemand für mich da gewesen?

Rübl schüttelte den Kopf.

– Ein Gossec ist nicht da gewesen.

Da war ich schon kurz davor, diesem Debilo den Zettel mit Gewalt abzunehmen. Aber Hausbesitzern gegenüber sollte man alle Geduld aufbringen, sie sitzen am längeren Hebel.

– Ist der für mich?

Ich deutete noch mal auf den Zettel. Erst jetzt schien sich Rübl daran zu erinnern. Er zog ihn aus dem Gürtel und faltete ihn auf. Er runzelte die Stirn und las vor.

– *Bitte melde dich doch endlich! Pia.* – Keine Ahnung, nie gehört.

– Von wem haben Sie den Zettel?
– So ein junger Kerl mit Vespa. Kam hier reingefahren.

Fortbewegungsmaschinen hinterließen bei Rübl immer einen bleibenden Eindruck. Mehr war nicht zu holen. Aber ich wusste nun Bescheid. Ich ging in meine Wohnung zurück. Da sah ich, was mir vorher schon hätte auffallen können, dass das rote Lämpchen meines Anrufbeantworters blinkte. Noch eine Nachricht von Pia. Allein die Tatsache, dass sie sich gemeldet hatte und dann noch zweimal, bedeutete, dass sie in einer üblen Klemme steckte. Pia Sockelmann war zweiundzwanzig Jahre alt und meine Ziehtochter, Nennnichte – was auch immer, jedenfalls war ich so eine Art Onkel für sie. Aber nur, wenn sie einen brauchte.

Beim ersten Mal verstand ich so gut wie nichts von dem, was mir Pia mitteilen wollte. Zu sehr genuschelt und gelallt, zu viele Silben verschluckt. Letzte Sätze, wie kurz vor dem Hinüberdämmern in eine Narkose. Sie hatte sich mit irgendetwas so zugeballert, dass sie kein vernünftiges Wort mehr zustande brachte. Das Wenige, was ich herausfiltern konnte, klang schlimm. Sie wolle raus aus dieser Scheiße. Sie brauche mich jetzt, ich müsse ihr helfen. Ich wählte die Nummer, die sie durchgegeben hatte. Nichts, kein Anschluss unter dieser Nummer.

Schlimmstenfalls war ihre Nachricht seit zwei Tagen auf meinem Anrufbeantworter. Einen Timer hatte der alte Apparat nicht. Verdammte Hacke! Musste ich nun schon wieder den Arsch für dieses ausgekochte Miststück hinhalten? Dabei war sie für mich verschollen. Zuletzt hatten wir uns vor drei Jahren gesehen. Kurz vor ihrem steilen Aufstieg in den Pophimmel. Damals brauchte sie Geld, und ich borgte ihr welches. Wusste ja ohnehin, dass borgen bei ihr schenken meinte. Seither war sie weg, und ich kannte noch nicht einmal ihre neue Adresse. Ich setzte mich wieder auf die Liege, schloss die Augen und stellte mich erst mal tot.

4

Wie ruhig hätte dieser Abend verlaufen können! Ich rauchte die Zigarette und trank den Eistee zu Ende. Dann stieg ich wieder in den Bus und fuhr los. Zu Iris.

Iris war in den achtziger Jahren aus Schwandorf nach München gekommen, weil sie zum Film wollte. Iris war blond, sah gut aus, hatte jedoch kleine Fehler und große Prinzipien. Sie sprach oberpfälzisch und wollte sich nicht die Bluse aufknöpfen. Deshalb durfte sie in einer Försterserie nur in einer Kleinstrolle als Magd mitmachen, in Kinofilmen spielte sie ein paar Mal die Kellnerin. Die Texte, die sie zu sprechen hatte, waren so lakonisch wie der bayerische Menschenschlag an und für sich: *So ein Sauwetter!* und *Wohlsein!* Enttäuscht gab sie alle Karrierepläne auf und lernte Friseuse. Irgendwann machte sie mit einer Kollegin Urlaub in Finale Ligure an der Riviera. Am Strand lernte sie Pierre kennen, einen schwarzen Straßenhändler aus Mali, der Wickelröcke, Sonnenbrillen und Handtaschen verkaufte. Wie seine Kollegen wanderte Pierre den Strand entlang und breitete seine Waren aus, wenn er ein Geschäft witterte. Iris hatte Mitleid.

Schwitzend, bepackt wie Mulis schufteten die sich ab, während sie sich wie Madame Pompadour unterm Sonnenschirm pelzte. Iris hatte ein weiches Herz und kaufte einen Wickelrock. Pierre sah ihr an, dass da noch mehr zu holen war. Abends tingelte Pierre mit seiner Gitarre am Lungomare. Dort begegnete ihm Iris wieder. Später schwor sie Stein und Bein, dass es nur eine einzige Unvorsichtigkeit gegeben habe, die zu dem Volltreffer führte, aus dem Pia wurde. Sicher hat die Tochter ihr musikalisches Talent von Pierre geerbt. Und ein wenig von seiner Hautfarbe. Viel mehr ließ sich über ihren Vater auch nicht sagen, denn Iris wusste noch nicht einmal seinen Nachnamen. In Pias Abstammungsurkunde ist der Nachname mit Mondieu angegeben, denn das hatte er mehrfach gestöhnt, als es passierte.

Als ich Iris kennen lernte, hatte sie schon einige ihrer Prinzipien über Bord geworfen, um Pia und sich durchzubringen. Sie arbeitete als Bedienung im *Blauen Engel*, einer Obenohne-Bar. Ursprünglich war ich nur auf den mit Abstand schönsten Busen scharf, fand aber dann Gefallen an einem Familienleben, bei dem ich Papa sein durfte, der mit Mama im Bett liegt und ein hübsches, kaffeebraunes Kind mit Ringellöckchen spazieren fährt. Nach drei Jahren allerdings hatte Iris das Gefühl, dass sie etwas Besseres verdient hatte als einen Trödelhändler. Das erwies sich als Irrtum.

Ich bog in die Dülferstraße ein. Dort in einem heruntergekommenen Sozialblock lebte Iris. Schlimmer als Hasenbergl, wo winters gerne mal die Türen verheizt werden, kann es wohnungsmäßig nicht kommen. Ich klingelte mehrfach, aber niemand öffnete. Ein kleiner, vielleicht elfjähriger Junge mit Ohrring und Haarzöpfchen saß unter den Klingelknöpfen auf der Stufe und rauchte. Ständig schnippte er die Asche mit dem Daumen ab.

– Zu wem willst du denn?

– Sockelmann.

Der Junge wies nach gegenüber auf eine Kneipe.

– Hocken in der *Tankstelle*. Seit heute Mittag.

Die Luft in der *Tankstelle* war so rauchgeschwängert, dass man hin und wieder nur tief durchatmen musste, um kräftig zu inhalieren. Sogar die Fensterscheiben schienen innen bereits einen nikotinbraunen Film zu haben. In der Ecke saß Iris vor einem Pils. Wir begrüßten uns. Durch die Sauferei hat sie alles verloren, was sie einst so attraktiv machte. Eine früh gealterte Frau mit geblähtem Bauch und Kastenfigur. Ein Zombie, der versucht, die schöne Iris darzustellen. Ich kam gleich zur Sache.

– Wo steckt Pia?

– Keine Ahnung. Zu Hause, auf Tournee, im Studio. Mir sagt sie doch nichts mehr.

– Wo wohnt sie denn?

Iris blickte sich um. Aus der Toilette kam ein Fettsack geschwankt. Er trug seine Sportkleidung körpernah. Eine Polyesterwurst. Im Gehen war er noch dabei, seinen Schwanz wieder an der richtigen Stelle zu verstauen.

– Pscht, machte Iris. Keine Adresse zu ihm. Er versucht sonst, sie laufend anzubaggern.

Der Fettsack hatte sofort gemerkt, dass es um ihn ging.

– Was will denn der von uns, fragte er Iris.

– Nur ein paar Auskünfte.

- Sag ihm, dass das was kostet.
- Sag ihm, er soll sich raushalten, gab ich an Iris zurück.

Ich hatte Iris die ganze Zeit über angesehen. Jetzt spürte ich, wie sich der Dicke an meinem Kragen festgekrallt hatte, um mich hochzuziehen.

- Halt's Maul, sonst häng ich dich an der Lampe oben auf.

Bei solchen Typen durfte man nicht lange fackeln. Den ersten Schlag versenkte ich in seiner Wampe. Er rumpelte gegen die Holztäfelung, die aussah wie ein Saunaverschlag. Den zweiten setzte ich unters Kinn. Er sackte nach unten weg und kam, abgefedert durch seinen fetten Arsch, auf dem Boden an. Der Kopf fiel ihm zur Seite, und so blieb er ruhig und friedlich hocken. Ich packte Iris an der Hand und zog sie aus der Kneipe. Die anderen Zecher machten erschrocken Platz.

- Ich kann doch den Erwin nicht so sitzen lassen.

Iris begann zu weinen.

- Pia hat angerufen, sie ist in Schwierigkeiten. Und ich weiß noch nicht mal, wo sie wohnt, schrie ich sie an.
- Dr.-Friedl-Straße 15.

Ich zog einen 20-Euro-Schein aus der Tasche und gab ihn Iris.

- Versauf ihn wenigstens alleine, ja.

Iris sah an sich herunter und rubbelte mit dem Ärmel an ihrem ehemals rosafarbenen T-Shirt, als könne sie es auf die Schnelle noch sauberer kriegen.

- Tut mir Leid, ich wusste ja nicht, dass du kommst.

Ich ging zu meinem Bus hinüber. Auf dem Trittbrett stand der kleine Raucher. Er guckte nach innen, ob es etwas zu holen gab.

- Weg mit dir, Junge.

Er sprang vom Trittbrett herunter.

- Hast du eine Fluppe?
- Nur Selbstgedrehte.
- Her damit.

Ich gab ihm die Zigarette, die ich hinters Ohr gesteckt hatte. Der Kleine zog sie unter seiner Nase durch, um sie zu beschnuppern. Dabei legte er schwarze Vorderzähne frei. Roger Rabbit aus dem Schornstein.

5

Ich fuhr an der Isar entlang und dann über die Tierparkbrücke Richtung Grünwald. Es gab keinen Zweifel, ich hatte zweimal nachgesehen: Die Dr.-Friedl-Straße war in Grünwald. Pia lebte inzwischen bei den Reichen und Schönen. Die Brücke war komplett eingenebelt. Es herbstelt, sagt der Münchner in solchen Fällen gern. Aber hier herbstelte noch nichts, das waren die Griller. Ein sanfter Südwind blies die Schwaden die Isar hinunter. Am Flauchersteg war ein Massenauflauf. Vor ein paar Jahren war der ganze Steg erneuert worden, weil die Münchner Griller, vom hergeschleppten Bier enthemmt, Holzteile für ihre Nackensteaks, Spareribs und Schweinswürstel herausgebrochen, -gesägt oder -gehauen hatten. Der lang gezogene Steg war in Rauchnebel und Fettdämpfe gehüllt. Im Isarbett hockten sie um Lagerfeuer oder Grillwannen, Schreien, Lachen, hin und wieder gegrölte

Gesänge. Wenn man so wie ich schlechte Laune hatte, dann war diese Atmosphäre ziemlich nahe am Weltuntergang. Nichts als ein Haufen Verrückter da unten.

Ich stellte meinen Bus an der Münchner Straße ab und ging den Rest zu Fuß. Lieferantenverkehr begann erst wieder morgen früh. Hier sollte man besser nicht auffallen, wenn man ungeschoren bleiben möchte. Angeblich gab es bei Halbwüchsigen das Spiel, sich saudimäßig als Araber zu verkleiden und durch Grünwald zu laufen. Gewonnen hatte, wer ohne Schusswunde oder Festnahme am weitesten kam. Es dauerte noch eine ganze Weile, bis ich endlich die Dr.-Friedl-Straße erreichte. Ganz oben konnte Pia noch nicht angelangt sein, denn ihre Villa lag eindeutig im Ärzteviertel von Grünwald. Ich schaute über den Zaun. Der Garten war zugewachsen, wenig zu erkennen. Nirgendwo Licht. In der Dunkelheit war kein Namensschild auszumachen. Als ich meine Hand jedoch in die Nähe des Klingelknopfs brachte, schaltete sich automatisch die Hintergrundbeleuchtung ein, und der Name Sockelmann tauchte wie ein Menetekel auf dem Display auf. Ich schellte mehrmals. Sofort schlug ein Hund an. Dem tiefen und kehligen Bellen nach die Bestie von Baskerville. Aber Frauchen schien nicht da zu sein, denn niemand öffnete mir. Auch der Hund gab bald Ruhe, und alles war wieder so dunkel und ausgestorben wie das BND-Gelände in Pullach nach dem Atomschlag. Ich klingelte noch mal. Wieder bellte der Hund. Praktisch auf Knopfdruck. Meinem Gefühl nach bellte er genau so wie zuvor. Eine Kopie. Und er tat das jedes Mal wieder, wenn ich die Klingel drückte. Kein Zweifel, der Hund kam vom Band.

Warum sich Pia, kaum dass sie ein bisschen Kohle hatte, in dieses scheußliche, öde Viertel hockte, war mir schleierhaft. Ich hätte mir ein paar Goldzähne in den Mund montieren lassen, zwei mollige Frauen angelacht und mich ins Westend, ins Türkenviertel gesetzt. Dann hätten wenigstens einige Leute kapiert, dass ich es zu etwas gebracht hatte. Aber hier sah ein Haus wie das andere aus. Damit keine Diebe mit der Aussicht auf fette Beute angelockt wurden, ließ man Efeu oder wilden Wein wuchern, um sich dahinter zu verstecken, oder zog Schutzhecken und Mauern hoch. Auf Schritt und Tritt schalteten sich Bewegungsmelder ein, oder eine Videokamera nahm einen ins Visier. Grünwald hatte schon immer den Charme einer Festungsanlage. Man verstand sofort, dass sie alle Schiss hatten.

Ich hatte Klingelknopf und Hundeband genug strapaziert. Außerdem wurde ich auffällig. Gegenüber teilte sich ein Vorhang, eine Frau im weißen, kurzen Kleid trat auf die Veranda. Viel sah man nicht, aber das Wenige hätte den radikalsten Jakobiner froh gemacht: Alle Menschen hier waren gleich, und die Frauen sahen wie Schwestern aus. Durch Sonnenbank und Lifting. Ich winkte hinüber, aber die ledrig gebräunte Blondine verschwand wieder im Haus. Gedanken, die zu lange stehen, werden ohnmächtig, also fackelte ich nicht lange, stieg auf das schmiedeeiserne Eingangstor und sprang in den Garten. Früher war man gelenkiger. An den Buchsbüschen entlang drückte ich mich am Haus vorbei, um die Bewegungsmelder zur Straße hin zu vermeiden. Geschafft. Ich klopfte mir Käfer und Blätter aus dem Hemd und guckte mich um. Eine schöne, hell gepflasterte Terrasse, dahinter kurz geschnittener Rasen und in der Mitte ein Pool, der mit einer leichten Plane abgedeckt war. Ein paar Birken und die Buchshecke bildeten den Abschluss. Das alles sah irgendwie einladend aus, hatte aber einen so gekünstelten Charme, dass nur noch die Sonne und Rex Gildo mit einem Longdrink in der Teakholzliege fehlten. Und natürlich Pia. Ich guckte mich um und suchte nach einem Schlagwerkzeug. Ich fand einen Spaten, der im Rosenbeet steckte. Ich ging auf das Haus zu, als ich meinen Fuß auf die Terrasse setzte, schaltete sich Licht ein.

Es gab nur einen Weg hinein, und der führte über die Terrassentür. Der einzig unvergitterte Auslass in diesem Haus. Ich setzte meinen Spaten an, aber Gewalt war unnötig, die Tür war unverschlossen und ließ sich aufschieben. Das ging so mühelos vonstatten, als hätte schon jemand vor mir denselben Weg genommen. Ich stand im Wohnzimmer. Mit seiner Glasfront zum Garten hin mutete es wie ein Schwimmbad im New Romantic-Stil an. Das Werk eines Innenarchitekten. Rote, tüllgebauschte Satinvorhänge von goldenen Kordeln zusammengehalten, dazu golden besprühte Trockenblumen, die in großen Vasen standen. Ein hingetupfter schwuler Schmelz von gefühlvoller Hingabe, über die sonst nur noch der Miedermacher von Sophia Loren verfügt. Der große Raum war in zwei Ebenen aufgeteilt, eine Treppe führte zum offenen Kamin hinunter, vor dem eine mokkafarbene Sitzlandschaft aufgebaut war. Ein Anblick, der einem wie ein doppelter *Caffe corretto* in den Magen fuhr.

– Pia?

Ich wollte mir nicht den Vorwurf machen, ich hätte es nicht versucht.

– Pia!

Ich ging zum Treppenaufgang. Auf dem braun marmorierten Steinfußboden lag ein orangefarbener Läufer, das geschwungene Eisengeländer war zartgrün. Sollte an Antikkupfer erinnern. Auf der Skala kuscheliger Wohnungseinrichtungen waren hier nur die drei Sterne eines Gefrierfachs zu vergeben.

Auch oben war der Innenarchitekt am Werk gewesen. Um das noch ausmachen zu können, musste man einen ziemlich geschulten Blick haben. Denn im ersten Stock sah es heftig aus. Die Zimmer wirkten vollkommen verwahrlost, als habe eine wochenlange Burgerparty dort stattgefunden. Pias Bett war zerwühlt und lange nicht gemacht worden. Schmutzige Wäsche war einfach unter das Gestell geschoben worden. Das Zimmer roch muffig und abgestanden. Nebenan lagen Pizzakartons und Fastfoodschachteln gestapelt. In Plastiktüten waren Colabüchsen und Flaschen gestopft. Offenbar lebte sie nach dem Prinzip, wenn du etwas nicht mehr brauchst, wirf es auf den Boden. Auch ihrer Putzfrau schien sie gekündigt zu haben.

Ich setzte mich im Mädchenzimmer auf einen Sessel, der zu einer cremefarbenen Sitzlandschaft gehörte. Unter normalen Umständen ein Traum in Apricot. Ein wenig von dem, was sich abgespielt haben musste, verstand ich, als ich den Glastisch vor mir ins Auge gefasst hatte: Taschenspiegel, das vergoldete Rasiermesser, das Pia gern um den Hals trug, ein eingerollter Karton und Spuren von weißem Pulver um ein leeres Briefchen. Ich rollte die Karte auf. Sie lautete auf den Club *Oase*, ein Billigpuff im Euroindustriepark, so weit ich das wusste. In spitzen Pumps steckte eine Flasche Champagner, darunter zwei Telefonnummern. Geöffnet bis 4 Uhr nachts. Ich steckte die Karte ein.

Endlich drang ein Geräusch an mein Bewusstsein, das mich schon die ganze Zeit begleitet hatte: Das Plätschern eines Wasserhahns im Bad.

– Pia, bist du da?

Ich gab der Tür einen Schubs. Im Bad war es dunkel. Ich knipste das Licht an und ging in die Knie. Der Anblick raubte mir den Atem. Schlaff, mit verdrehten Gliedern wie eine Puppe, hing eine junge Frau über dem Badewannenrand. Fast nackt. Ein leiser Strahl floss aus dem Hahn. Die Frau trug einen Stringtanga, der nach Prollart bis in die Hüften hochgezogen wurde, so dass er aus der Hose herausguckte. Ihr Arsch war so kalkweiß wie die aufgestickten Perlen ihres Tangas. Darüber hatte sie ein orangefarbenes Hemdchen mit der Rückennummer sieben an. Ich spritzte mir ein wenig Wasser ins Gesicht. Dann nahm ich ein Handtuch und drehte ihren Kopf beiseite. Über ihrem linken Auge klaffte eine hässliche Wunde. Ich legte ihren Kopf wieder in die ursprüngliche Stellung zurück. Für mich sah das aus, als sei sie beim Versuch, sich eine Badewanne einzulassen, ausgeglitten und an den schweren Wasserhahn gefallen. Das einzig Tröstliche war, dass die junge Frau nicht nur jetzt, sondern auch früher einmal weiß war. Gott sei Dank! Die Tote war definitiv nicht Pia.

Ich versuchte mich zu konzentrieren. Der Frau war nicht mehr zu helfen. Aber mir. Also wischte ich mit dem Handtuch alles ab, was ich angefasst hatte. Auch den Tisch säuberte ich von allen Spuren, die die Drogenfahndung hätten interessieren können. Die verwahrlosten Zimmer sahen immer noch beschissen aus, aber das war kein Delikt.

Ich war froh, dass ich Pia unter solchen Umständen nicht gefunden hatte. Vor einigen Jahren wäre mir klar gewesen, dass es nun an der Zeit war, das Bettsofa in meinem Büro für Pia auszuklappen. Sie steckte in heftigen Schwierigkeiten. Ich verließ die Wohnung durch die Haustür. Dabei bellte die Bestie vom Band noch einmal zum Abschied.

6

Ich schlich zu meinem Bus. Die Tote dort drinnen tot sein zu lassen und nicht zu melden, das konnte ich wirklich nicht bringen. Aber wie sollte das eingefädelt werden, noch dazu ohne Pia? Scheiße hatte ich mit ihr schon genug erlebt. Aber bislang war alles irgendwie glimpflich ausgegangen. Und davon konnte nun keine Rede mehr sein.

Früher, wenn Pia von Iris ausgebüxt war, landete sie früher oder später bei mir. In dem Hinterzimmer meines Ladens, das ich als Büro benutzte, war ein Bettsofa, das sie ausgiebig benutzte. Kinder fand ich immer schon nett. Jugendliche weniger. Deswegen behandelte ich Pia wie eine Erwachsene. Aber damit lag ich offenbar genau richtig bei ihr.

Als ich sie das erste Mal bei mir unterbrachte, war sie auf der Flucht vor einem Zivilbullen. Mit anderen Jugendlichen war sie nachts statt auf dem Gehsteig auf parkenden Autos spazieren gegangen. Sie hopsten wie Idioten auf dem Blech herum. Dabei gab es einige Dellen. Wie viele Anrufe bei der Polizei eingingen, war bei dem Lärm, den sie machten, vermutlich gar nicht mehr zu zählen. Schließlich wurden Zivile losgeschickt, um die Gruppe abzugreifen. Pia merkte das und haute vorher ab. Einer hinter ihr her. Pia rannte zum Schlachthof, weil sie sich auf dem weitläufigen Gelände gut auskannte. Versteckte sich im Lieferwagen einer italienischen Brotbäckerei. Dann schlug sie sich zu mir durch. Ich behielt sie zwei Tage bei mir, bis sie das Gefühl hatte, dass die Luft wieder rein war. Mit meiner guten Tat war ihre Adoption als Nichte vollzogen.

Der Stress begann für mich, als Pia fünfzehn war. Sie war weit und breit das hübscheste Mädchen. Vom Aussehen her hatte Pia nur das Beste von ihren Eltern. Hübsch wie die blonde Iris, die mit ihrem runden Gesicht von allen Seiten immer gleich gut aussah, dazu eine Veredelung ins Exotische von Pierre Mondieu. Langes, gelocktes Haar, volle Lippen, Haut wie Milchkaffee. Plötzlich hatte ich lauter Pickelgesichter in meinem Laden, die sich oberschlau vorkamen, wenn sie ein wenig in alten Zeitschriften herumkramten, um Interesse an meiner Ware zu heucheln, aber bei nächstbester Gelegenheit nach Pia fragten. Lauter Hängehosen mit Strickmützen und offenen Turnschuhen, die die Hände in den Taschen hatten und den Oberkörper in Rücklage abhängen ließen. Ich deutete nur zur Kasse. Dort war ein Zettel angepinnt, auf dem stand, dass Auskünfte zu Pia nicht erteilt werden.

Pia war sechzehn Jahre alt, als ihre Konflikte mit Iris immer heftiger wurden. Iris war, was Männer anging, nicht mehr besonders wählerisch. Zum Ausgleich legte sie eine überspannte, leicht hysterische Art an den Tag, mit der sie an Pia herumdokterte. Der ging das derart auf den Zeiger, dass sie von zu Hause auszog. Sie schrieb an ihre Mutter einen Abschiedsbrief, dass sie sich nun allein durchschlagen wolle. Einige Wochen später rief ein Kunde von mir im Laden an, er habe die Kleine auf dem Straßenstrich an der Freisinger Landstraße gesehen. Noch am selben Abend fuhr ich hin. Tatsächlich stand sie dort. Sie war grell geschminkt und abenteuerlich angezogen. Pia trug weiße, kniehohe Stiefel, einen bauchbindenkurzen schwarzen Rock und ein rosa Jäckchen aus synthetischen Straußenfedern, unter dem sie nur einen schwarzen BH anhatte. Ich packte sie so, wie sie war, ein. Aber Pia war schon verpfiffen worden. Wenig später stand eine Sozialtussi vom Jugendamt vor meiner Tür und holte Pia ab. Da war nichts mehr zu machen, diese Geschichte hatte Folgen, Pia kam für ein Jahr in ein Fürsorgeheim.

Dieses Jahr richtete nur Schaden an. Vom Leben abgeschnitten, entwickeln die Mädchen schwülstige, überdrehte Ideen. Alles rührt sie zu Tränen. Musik, Briefe, Besuche, vor allem aber Engel- und Herzchenbilder. Sie schrumpfen wieder zu Kindern, und die Welt draußen stellt sich verzerrt als ein Märchenpark dar. Wieder in Freiheit sind sie meist in kürzester Zeit schwanger. Pia hatte andere Probleme, einmal in ihrem Leben bekam sie einen Begriff davon, was es bedeutete, hässlich zu sein. Sie war aufgebläht wie eine Dampfnudel, als sie rauskam. Nicht lange allerdings, dann hatte sie ihre frühere Figur, aber auch ihr früheres Leben zurück. Nicht mehr erwischen lassen – zumindest so viel hatte sie gelernt.

In dieser Zeit war sie praktisch dauernd bei mir. Auch mich hatte sie anzumachen versucht. Sie ließ sich einfach nackt auf mein Bett fallen und sagte, ich solle zu ihr kommen. Sie drehte sich zur Seite und lag, auf den Ellenbogen gestützt, mir zugewendet. Selbst in dieser Stellung schienen ihre runden, festen Brüste kaum Erdenschwere zu entwickeln. Ihre Schenkel hielt sie leicht geöffnet, um mir zu zeigen, was mich erwartete. Sicher hatte ich noch nie eine attraktivere Frau im Bett. Ein Sonderangebot, für den nicht mehr ganz neuwertigen Herrn in der zweiten Lebenshälfte. Nicht, dass bei mir eine Verführung besonders schwer wäre, aber ich habe immer gemerkt, wann ich persönlich gemeint bin. Sie wollte sicher nur testen, ob ich für einen Fick zu korrumpieren bin. Bin ich nicht. Ich sagte, ich zöge es vor, ein guter Onkel zu bleiben.

Abends zog sie mit ihrer Clique von Hängehosen und bauchgepiercten Mädels in der Thalkirchner Straße umher. Meist um das Freizeitheim herum. Dort trat sie zum ersten Mal mit einer Tanznummer auf. Später versuchte sie sich als Hip-Hop-Sängerin. Sie konnte das von Anfang an, Texte im Rhythmus der Musik raushauen. Dann ihre eigenen. *Liebe, vergiss es, die mach ich nicht mit, Alter, verpiss dich, fass dir selber in Schritt.* Sie war frech, hatte vor nichts und niemand Angst, hatte Stimme und jede Menge Druck, etwas zu sagen. Das war die Zeit, in der sie mir abhanden kam. Sie lieh sich Geld für einen Talentwettbewerb und verschwand. Kurz darauf las ich in der Zeitung, dass der Scout eines großen Plattenlabels von ihr sagte, sie habe einen so absolut positiven Unterschichtcharme und mit ihr habe man endlich mal nicht so eine girliehaft-zickige Kuh, sondern eine, die powermäßig drauf sei. Sie machten sie marktgängig, gaben ihr einen Besänftiger bei, der ihre Texte putzte, und es dauerte nicht lange, bis sie den so genannten *Best Newcomer Award* gewann und ihre erste CD produzierte. Die Scheibe hieß *Sister Sox*, ein Name, den Pia später für sich beibehielt.

Die Musik lief gut, und so wurden sehr bald eine zweite und eine dritte CD mit ihr gemacht. Natürlich fand ich das ziemlich beschissen, dass sie in all den Jahren nie von sich hören ließ. Egal, Hauptsache, sie war angekommen. Von dem Pfadfinder in mir konnte ich mich sofort verabschieden und kriegte auch ohne gute Taten mein Leben auf die Reihe.

Ich latschte schon eine ganze Weile herum, ohne dass ich gefunden hätte, wonach ich suchte. In Grünwald, wo sogar Hunde ein Zweithandy haben, eine Telefonzelle aufzutreiben, war so gut wie unmöglich. Am Isarhochufer stieß ich schließlich auf eine. Vorsichtshalber rief ich in der Innenstadt an. Revier 11, Hochbrückenstraße. Wachtmeister Bareisl hatte einen gediegenen Basstöner und fragte nach meinem Namen.

– Tut nichts zur Sache. In der Dr.-Friedl-Straße 15 liegt eine Tote im Badezimmer. Vielleicht gucken Sie da mal hin.

Bareisl gab sich bürokratisch zerstreut. Wollte erst mal gucken, wo die Straße war, um das zuständige Revier ausfindig zu machen. Dann wollte er die Sache aufnehmen. Das zog sich. Ich hörte das Klackern seines Keyboards und ärgerte mich, dass diese Pfeifen im Amt so langsam und rammdösig waren. Erst mit Verspätung begriff ich, dass Bareisl den Deppen gab, um den Standort der Telefonzelle ermitteln zu können.

– Momenterl noch, sagte er in aller Gemütlichkeit.

Ich schmiss den Hörer auf die Gabel und lief hinüber zu meinem Bus. Sofort startete ich, setzte rückwärts in eine Nebenstraße, drehte um und hielt mich auf den Sträßchen Richtung Innenstadt. Von der Münchner Straße her war ein Martinshorn zu hören. Ich setzte den Bus auf dem Parkplatz Menterschwaige ab. Dort war ich einer unter vielen. Drinnen trank ich noch ein Bier und tuckerte wenig später nach Hause.

7

Gegen Mitternacht langte ich endlich wieder zu Hause in der Fleischerstraße an. Ich parkte den Bus hinter dem Laden im Hof neben einer Vespa. Ich erinnerte mich an Rübls Hinweis und hatte ein komisches Gefühl. Als ich den Laden aufsperrte, sträubten sich mir die Nackenhaare. Irgendjemand war da. Es roch einfach anders. Unter dem Ladentisch hatte ich für brenzlige Situationen einen Totschläger mit Metallknauf liegen. Falls mir einer an die Kasse gehen wollte. Ich machte kein Licht und schlich mich auf allen Vieren heran. Ich tastete mit der flachen Hand nach dem Schlagstock. Da packte mich jemand an den Haaren, riss den Kopf nach hinten, und ich spürte am Hals die Spitze eines Messers.

– Aufstehen!

Ein Mann. Seine Stimme klang jedoch jung, fast noch teenagerhaft.

– Licht an!

Ich schaltete das Licht ein. Als ich mich umdrehte, blickte ich in ein Milchgesicht. Eigentlich harmlos. Aber solche Typen reagieren oft überzogen, um sich Respekt zu verschaffen.

– Nimm die Hände hoch.

Er begann mich abzutasten. Ich sah, dass er nervös war. Er war ein hübscher Junge mit heller Haut und dunklen Haaren. Ein südländischer Typ. Er stellte sich nicht besonders geschickt an und nestelte unbeholfen an meiner Brusttasche herum, weil er dort eine Waffe vermutete. Mitleid hatte ich dennoch keines mit ihm. Ich gab ihm einen kurzen, harten Schlag mit der Handkante auf den Unterarm. Er ließ das Messer fallen. Ich stieg mit dem Fuß drauf und hielt es unter Verwahrung. Dann holte ich den Totschläger hervor.

– Was soll der Scheiß, Junge? Bei mir gibt es nichts zu holen.

– Wahrscheinlich sind sie schon hinter mir her. Ich war es aber nicht. Bitte helfen Sie mir. Ich muss irgendwo unterkommen.

– Setzen, sagte ich. Und jetzt mal alles der Reihe nach.

Der Junge hieß Carmello. Er gehörte zu der Familie, die einen italienischen Weinhandel im Schlachthof betrieb. Carmello war mit Pia schon herumgezogen, als sie noch im Freizeitheim auftrat. Damals waren sie unzertrennlich, bis sie Karriere machte. Dann mussten es diese Rap-Darsteller sein. Muskulöse Burschen mit Tätowierung, dicken BMWs und Gangsterallüren. Irgendwie gehörte Carmello noch zur Entourage, aber nur als Roadie und Helferlein. Baute die Bühne für den Auftritt auf. Machte alles mit, nur um Pia nahe zu sein. Er hoffte, dass sich zwischen ihnen eines Tages alles wieder regulieren würde. Aber diese Geschichte war dann doch zu absurd. Dass ich mit einem Einbrecher Händchen hielt und mir seine Herzschmerzgeschichten anhörte.

– Junge, jetzt komm mal zur Sache. Wo steckt Pia?

– Ich weiß es doch nicht. Als ich sie das letzte Mal gesehen habe, hat sie mir diesen Zettel für Sie mitgegeben. Sie hing ja immer mit Sascha, ihrer Freundin, herum. Die beiden waren nur noch auf Drogen. Ich bin gestern wieder bei ihr draußen gewesen. Niemand hat aufgemacht. Dann bin ich durch die Terrassentür eingestiegen. Und oben lag Sascha tot im Badezimmer. Pia war verschwunden. Mehr weiß ich nicht.

– Hör mal, die Geschichte nehm ich dir nicht ab. Man läuft doch nicht grundlos so aufgeschreckt durch die Gegend …

Ich stockte. Durch das Ladenfenster bemerkte ich zwei Gestalten, die draußen herumstrichen.

– Wen erwartest du denn noch, fragte ich Carmello.

Schon wurde mit kräftigen Schlägen an meine Ladentür gepocht.

– Aufmachen, Polizei!

Carmello sprang auf. In seinen Augen war Panik. Ein gehetztes Tier, das keinen Ausweg mehr sah. Ich deutete auf den Nebenraum.

– Dort ist ein Fenster zum Hof.

Er machte einen Satz und verschwand durch das Nebenzimmer.

– Aufmachen, schrie einer von draußen, oder wir brechen die Tür auf!

Jemand begann meine Ladentür mit Fußtritten zu traktieren. Ich öffnete. Ein mageres Männlein stand im Türrahmen und befühlte seine rechte Wade.

– Eiche massiv mit Eisenbeschlägen, sagte ich.

Wütend sah er zu mir hoch. Wir mochten uns von Anfang an nicht. Das komplizierte alles und sollte schlimme Folgen haben.

– Was kann ich für Sie tun?

– Wir suchen Carmello Dimauro.

Er versuchte, mich beiseite zu schieben, um in meinen Laden zu gelangen.

– Marke, Dienstausweis? Sonst kommen Sie hier nicht hinein.

Er funkelte mich an und riss aus der Gesäßtasche einen Ausweis, ließ ihn nach vorne klappen und hielt ihn mir unter die Nase. Der Giftzwerg hieß Inspektor Dorst und war ziemlich unter Dampf.

– Also?

– Dimauro war bis vor kurzem hier. Liegt etwas gegen ihn vor?

Dorst durchquerte meinen Laden und riss die Tür zum Nebenzimmer auf. Das Fenster stand offen.

– Keinen blassen Dunst, wie?

Sein wütender Gesichtsausdruck verwandelte sich jäh in ein höhnisches Grinsen. Durch die Ladentür kam Carmello mit erhobenen Händen. Hinter ihm ein Fettklops im blauen Hemd mit gezückter Dienstwaffe. Er hatte dunkle Schwitzflecken unter den Achseln. An seinen Hängebacken zeichneten sich rote Flecken ab.

– Hervorragend, Bungert, sagte Dorst.

Dorst trat an Carmello heran und tastete ihn nach Waffen ab.

– Er wollte sich mit seiner Vespa aus dem Staub machen. Ich habe ihn draußen auf dem Hof erwischt.

– Alles klar, sagte Dorst. Leg ihm Handschellen an.

– Hör mal, erwiderte Bungert, du hast sie auf dem Rücksitz deponiert. Draußen im Wagen.

Dorsts Stimme wurde zischelnd. Mit Mühe verkniff er sich die Szene, die er Bungert gern gemacht hätte. Der Auftritt der Staatsmacht geriet zunehmend hakelig und war alles andere als souverän.

– Hol sie her, aber pronto.

Bungert lief nun vollständig puterrot an und ging. Carmello hatte die ganze Zeit über zu Boden geguckt. Als der Dicke aus dem Laden war, verstand ich, warum. Rasch bückte er sich und hob das Messer auf, mit dem er mich zuvor bedroht hatte. Er sprang hinter mich, schlang seinen Arm um meinen Hals und drückte es mir gegen den Hals.

– Ich bring ihn um.

– Junge, mach keinen Fehler.

– Waffe weg oder ich bring ihn um.

Ich gab ein martialisches Röcheln von mir. Mehr konnte ich für den Jungen nicht tun. Dorsts Augen verengten sich zu Schlitzen, ich befürchtete schon das Schlimmste, dann warf er die Pistole doch noch vor sich auf den Teppich. Carmello schleppte mich an ihm vorbei. Er kickte mit dem Fuß die

Waffe aus dem Laden, gab der Tür einen Stoß und sperrte sie von außen zu.

– Bringen Sie mich weg, flehte Carmello.

Ich zog ihn zum Bus. Wir stiegen ein. Ich startete, hatte aber noch den verdammten Rückwärtsgang eingelegt. Seine Vespa krachte gegen die Hauswand. Ich schlug den Schalthebel nach vorne und trat das Gaspedal durch. Der Bus schoss aus der Einfahrt heraus an Bungert vorbei.

– Stopp, schrie der.

– Pass auf, Bungert, schrie Dorst von drinnen. Der Junge ist bewaffnet.

Ich hielt nun einfach die Fleischerstraße hinunter, wusste selbst nicht wohin. Bungert gab einen Warnschuss ab, dann splitterte die Scheibe am Beifahrersitz. Die machten Ernst. Ich riss das Steuer herum, schlitterte in die Ruppertstraße hinein und jagte Richtung Südbahnhof. Carmello neben mir pendelte hin und her. Sein Kopf knallte gegen die Scheibe.

– Festhalten, du Trottel, schrie ich ihn an.

Carmello schien so eingeschüchtert, dass er keinen Ton mehr von sich gab. Hinten fuhr ein Werkzeugkasten, der sich losgerissen hatte, durch den Laderaum. Endlich hatte ich die Schäftlarnstraße erreicht und heizte Richtung Süden. Schon wieder. Ich merkte, dass Carmello am Boden lag. An seinem Hinterkopf sickerte Blut hinunter. Bungert hatte ihn erwischt.

– Scheiße!

Jetzt endlich, nachdem ich bis dahin besinnungslos wie ein Berserker agiert hatte, wurde mir klar, dass ich mich und den Jungen in den größten Schlamassel hineingeritten hatte.

– Junge, mach mir jetzt bloß nicht die Grätsche.

Ich überlegte im Fahren. Pläneschmieden kann man nur beim Geradeausfahren. Dann wusste ich, was zu tun war, und bog am Thalkirchner Platz zum Isarkanal ein.

8

Nur gut hundert Meter entfernt lag eine Privatklinik. Eine Chirurgie, so weit ich mich erinnerte. Ich habe früher mal als Sanitäter gearbeitet. Jedenfalls hatte die Klinik eine Notaufnahme und war daher genau das Richtige. Ich fuhr mit einiger Geschwindigkeit den überdachten Eingang an und hupte mehrmals. Der Pförtner kam aus seinem Häuschen herausgesprungen.

– Notfall, schrie ich. Eine Schusswunde am Kopf. Schnell, die Trage.

Der Pförtner schaute verständnislos auf meinen grauen Bus.

– Rotes Kreuz, Katastrophenschutz, sagte ich. Krieg ich jetzt endlich die Trage.

Er glotzte mich blöde an.

– Die Trage, aber flott, schrie ich.

Endlich rannte er hinein. Krankenhäuser sind wie jeder andere bürokratische Organismus in erster Linie auf Verteidigung ihres Status quo bedacht. Wer hinein oder wieder hinaus möchte, stört den Betrieb. Jeder möge bleiben, wo er ist, drinnen oder draußen. Um jemanden hinein zu bekommen, darf man keinen Zweifel aufkommen lassen, dass eine lebensrettende Maßnahme ansteht. Sonst verhandeln sie zunächst auf der Basis von Name und Krankenkasse. Die eigenen Aktionen dürfen von keinerlei Bedenken getrübt sein. Dazu erteilt man am besten klare Befehle, so dass jeder weiß, was er zu tun hat.

Wer sich immer nur buchstabengetreu an die Vorschriften hält, manövriert sich ins Abseits. Regeln sollen das Überleben der bürokratischen Organisation sichern und sind nicht dazu da, es einem Einzelnen komfortabel zu machen. Ein Kollege aus meiner Zeit als Sanitäter hatte damals die Verlegung eines Patienten im Klinikviertel durchzuführen. Zweihundert Meter von der Nußbaum- in die Ziemssenstraße. Unglücklicherweise verstarb der Patient auf dieser kurzen Strecke. Verdacht auf *Herzinger*, gab er bebend über Funk durch. Aber Hilfe oder gar Anweisungen bekam er nicht. Mein Kollege hatte sich in die Scheiße geritten. Einen Toten durfte die Empfängerklinik auf keinen Fall annehmen. Auch die Senderklinik wollte ihn nicht mehr, man hatte nachweislich einen Lebenden überwiesen. Der Kollege verhandelte, diskutierte und telefonierte. Niemand konnte ihm helfen. Eine Totenabladestelle existiert nicht in München. Also fuhr er erst mal zum Goetheplatz, um im McDonald's Mittag zu machen. Beim Nachtisch, einer fettigen Apfelpastete, kam ihm die rettende Idee: Da, wo Vorschriften nicht mehr greifen, helfen nur noch die Beziehungen von Mensch zu Mensch weiter. Also suchte er aus dem Telefonbuch die Nummer der Frau heraus und sagte ihr, dass ihr Mann gestorben sei und er nun den Toten vorbeibringen müsse. Sie legten ihn ins Ehebett, und der Kollege gab der Witwe den Hinweis, dass für diese

Fälle nun der Hausarzt zuständig sei, denn ohne Totenschein kriege sie ihn nicht aus der Wohnung.

Der Pförtner kam mit der fahrbaren Trage angelaufen. Ich hob Carmello aus dem Bus und legte ihn auf die Trage. Als wir ihn durchs Foyer schoben, kam eine Schwester herbei.

– Wo kommt der denn her?

– Gut, dass Sie da sind, sagte ich. Schädelverletzung, Verdacht auf Schusswunde.

Qualifiziertem medizinischem Personal gegenüber durfte man bei Einschätzungen einer Verletzung, die eine Diagnose vorwegnahmen, immer nur von Verdacht sprechen, selbst wenn ich mit eigenen Augen gesehen hatte, dass Carmello angeschossen worden war. Selbstherrliche Anmaßung von ärztlicher Autorität wird in einer Klinik sofort abgestraft.

– Der Patient ist nicht ansprechbar, wahrscheinlich ohnmächtig, ergänzte ich.

Ich hatte Glück. Die Schwester begann sich für ihn zu interessieren. Sie drehte Carmellos Kopf und besah den blutigen Striemen.

– Holen Sie mir Kompressen und verständigen Sie Dr. Ritzl.

Es war geschafft. Ein echter Sanitäter betrat das Foyer.

– Was ist mit dem grauen Bus da, fragte er.

– Moment, sagte ich, bin sofort weg.

Eine glückliche Fügung. Ich trat sofort den Rückzug an, lief nach draußen, sprang ins Führerhaus und fuhr los. Ein Problem weniger!

Nach Hause zurückzukehren, war undenkbar. Wahrscheinlich würden sie mich abpassen. Bei Prominenten läuft das meistens so, dass sie in Panik den Unfallort verlassen, ihren Rausch ausschlafen und am nächsten Tag frisch gestriegelt mit einem psychologischen Gutachten auf dem Revier aufkreuzen. So ähnlich. Bis morgen, dachte ich, hätte ich noch Zeit. Also fuhr ich gleich ein Stück weiter zum Flaucher, parkte den Bus an der Schinderbrücke. Ich zerrte den Schlafsack heraus, der hinter die Rückenlehne gestopft war, und ging hinunter zur Isar. Dort kam mir Onkel Tom mit seiner Steel Guitar entgegen getorkelt. Ein Anblick, der einem alle Bitterstoffe der Depression ins Hirn schießen ließ. Vor mehr als zwanzig Jahren war er die heißeste Nummer der Münchner Clubszene gewesen. Inzwischen ist er abgestürzt. Er schiebt eine Bierwampe vor sich her, und seine Windstoßfrisur ist durchscheinend geworden. Sommers lebt er unter der Wittelsbacher Brücke und tingelt an der Isar von Lagerfeuer zu Lagerfeuer. Er grunzte wie eine waidwunde Wildsau, als er an mir vorbeistolperte.

Bei einer schon schwer angeschlagenen Festgesellschaft schnorrte ich ein Bier und rollte mich unter einen Busch. Ein Stück weiter hatte ein Paar zueinander gefunden, genau genommen schon ineinander. War mir im Prinzip egal, nur hatte ein in die Enge getriebenes Wesen wie ich für derart heftige Lebensäußerungen wie das zur Schau gestellte Stöhnen der Frau definitiv keine Nerven mehr. Dieses hysterische Schatz-mach-weiter-ich-komme-gleich Gewinsel. Widerlich! Konnten die sich nicht ein Beispiel an der sozialverträglichen Beiläufigkeit der Paviane drüben im Tierpark nehmen? Ich zog mir den Schlafsack über den Kopf.

9

Montagmorgen gleicht der Flaucher einem Schlachtfeld. Flaschen, zerknülltes Alu, faulige Haufen aus Lebensmittelresten, von Fliegen umschwärmt, drumherum hüpfende, pickende Krähen. Ich lag in einem Müllhaufen, während die Grillparty-People frisch geduscht und gebürstet schon wieder im Büro saßen. Ich war ziemlich schlecht drauf.

Da half nur eine Rosskur. Ich zog mich aus und warf mich in die eiskalte Isar. Ich paddelte ein wenig herum, dann ließ ich mich von der Sonne auf einem der großen Steine trocknen. Zu meiner Menschwerdung fehlte jetzt nur noch ein Kaffee. Ich packte meine Sachen zusammen und ging zum Wagen zurück.

Der gestrige Abend war ein kompletter Fehlschlag gewesen. Ich hatte Pia nicht finden können, und wegen Carmello hatte ich mir Ärger mit der Polizei eingehandelt. Gossec, der Loser der Wochenendes. Ich schaltete mein Handy ein, das Unangenehme zuerst. Ich rief im Polizeipräsidium Ettstraße an und verlangte Inspektor Dorst.

– Wo sind Sie?

Dorst verfügte über die Fähigkeit, ansatzlos zu schreien.

– In Sicherheit.

– Wir holen Sie sofort ab.

– Vergessen Sie's. Ich komme heute Nachmittag vorbei. Dann können wir uns unterhalten.

– Ich sagte: jetzt!

– Bin ja nicht taub, Inspektor. Aber ich habe noch etwas zu erledigen, das keinen Aufschub duldet.

– Ich bestehe darauf, dass Sie sich auf der Stelle bei uns einfinden.

– Jetzt hören Sie mal zu, Herr Inspektor. Gegen mich liegt nichts vor. Seien Sie froh, dass ich so pflegeleicht bin und mich Ihnen anbiete. Außerdem: Was wollen Sie tun? Mich fernmündlich festnehmen? Bis später!

Ich legte auf. Vorne am Kiosk gab es einen *Coffee to go*. Ich nahm ein Hörnchen dazu. Ein scheußliches Teil, es schmeckte nach den Fleischpflanzerl, die der Kioskpächter auf Vorrat briet. Dann quälte ich mich mit meinem Bus durch Berufsverkehr Richtung Schwabing. Dort am Euroindustriepark nicht weit vom *Wal Mart* war der Club *Oase*.

Bei Tage und ohne das Neonrotlicht sah das Ding schäbig und heruntergekommen aus. Eine betongraue aufgeblähte Garage. Vorne die Glastür zum bonbonrosafarbenen Empfang war geschlossen. Klingeln und Klopfen half nicht. Also ging ich um das Gebäude auf der Suche nach einem Hintereingang. Es war deutlich zu hören, dass jemand da drinnen herumrumorte. Auf der Rückseite war der Notausgang offen. Ein dicker Mann belud eine Sackkarre mit Getränkekisten. Als er mich kommen hörte, richtete er sich auf und wischte sich mit einem Taschentuch den Schweiß von der Stirn.

– Was gibt's, fragte er.

– Ich suche meine Nichte, sagte ich.

– Einen Kinderfick kriegst du bei uns nicht. Außerdem haben wir geschlossen.

Ich zog einen Hunderteuroschein aus der Hose und steckte ihn mir in die Brusttasche. Er glubschte den Schein an und machte eine kurze Bewegung mit dem Kopf.

– Gehen wir rein.

Ich folgte ihm. Schon im Gang roch es nach kaltem Rauch. Eine Tür mit der Aufschrift *Privat* war halb geöffnet. Ein Server im klimatisierten Glasschrank war zu sehen.

– Die Station für Kinderpornos, oder?

Der Dicke lachte bullernd wie ein Kanonenofen. *Ja mich leckst am Arsch!* Für solche Scherze war er zu haben. Durch eine saloonartige Schwingtüre erreichten wir einen Clubraum mit grünem Teppichboden, der an kurz geschnittenes Gras erinnern sollte. Überall waren Kunststoffpalmen aufgestellt. Dazwischen Hängematten und Hollywoodschaukeln. Der Dicke watschelte um eine Theke herum und öffnete den Kühlschrank.

– Ein Bier?

Ich nickte. Er stellte ein Pils auf den Tresen. Die ganze Zeit über behielt er mich im Auge und beobachtete mich aufmerksam.

– Unser Exotenbereich, sagte er.

Die Raumgestalter hatten an Hawaii gedacht und großflächige Wasserfalltapeten geklebt. An die Türstöcke waren zur Verzierung Kokosnussschalen genagelt. Daneben lebensgroße Fotos von ein paar nackigen, schwarzen Frauen. Obwohl die eher selten sind auf Hawaii, war aber egal. Um den kleinen Raum optisch zu vergrößern, war ein Spiegel aufgehängt worden.

– Die Atmo bringt's. Mit Licht kannst du viel machen.

Aber nicht alles, dachte ich, als ich ihn genauer ansah. So eine Fresse kriegte man nicht mal durch Halbdunkel geschönt. Poren wie Krater, nikotingelbe Haut, Tränensäcke bis an die

Kniekehlen. Bierschwanger wölbte sich seine Wampe nach vorne. Das weiße Hemd lag wie eine Wurstpelle an seinem Leib, so eng und faltenlos gespannt, als habe man die Hirschhornknöpfe mit der Nietpistole den Bauch hoch getackert.

– Also, was willst du wissen?

– Pia Sockelmann, so heißt meine Nichte. Kennen Sie die? Hat jemand von hier mit ihr Kontakt gehabt? Sie ist verschwunden.

Ich legte ein Bild von Pia vor ihn hin. Einen kurzen Moment stockte die Flasche, die der Dicke sich zum Munde führte. Dann nahm er einen tiefen Schluck.

– Nichts gehört, nie gesehen.

– Und eine junge Frau mit Namen Sascha?

– Auch nicht. Bei uns jedenfalls nicht.

Von der Tür her ertönte ein Pfiff. Ein Bierfahrer in brauner Schürze fuhr auf seiner Karre Kästen herein.

– Moment, rief der Dicke. Ich komme schon.

Er zog einen roten Satinvorhang beiseite und öffnete mit dem Schlüssel, den er an einem Karabinerhaken am Gürtel trug, den in einer Nische stehenden Blechschrank. Dort angelte er einen Schlüsselbund vom Haken und verschwand mit dem Bierfahrer im Kühlraum. Ich ging auf die andere Seite der Theke und schaute in den Schrank. Die Pistole im Mittelfach fiel mir sofort unangenehm auf. Vorsichtshalber entlud ich sie, man fühlte sich dann doch etwas freier. Neben einer weißen Handkasse lag eine DVD mit der Aufschrift *Sicherung*. Ich steckte sie ein. Im oberen Fach zwischen Bankordnern mit Kreditkartenbelegen stand ein Schnellhefter mit Zeitungsausschnitten. Ich blätterte hinein. Es handelte sich um Berichte und Inserate verschiedener gastronomischer Firmen und Lokale. Auch *Sabatinos Osteria*, in der ich oft verkehrte, war darunter. Man schien die Konkurrenz im Auge zu behalten. Als ich das Scheppern der Bierkarre hörte, setzte ich mich in eine Hollywoodschaukel. Die beiden kamen zurück. Der Dicke verschloss den Kühlraum.

– Das Leergut steht draußen, sagte er.

– Habe es schon gesehen. Servus.

Der Bierfahrer verschwand, und der Dicke watschelte wieder hinter die Theke.

– Sonst noch was, oder haben wir alle Probleme gelöst?

Ich zuckte die Achseln. Der Dicke deutete auf das Bier, das auf dem Tresen stand.

– Macht dann hundert Euro.

Er fasste nach dem Schein in meiner Hemdtasche. Ich schlug ihm einmal kräftig mit den Fingerknöcheln auf die Handwurzel. Er schrie auf und ließ die Hand sinken. Ich fasste sein linkes Ohr und zog ihn über die Theke zu mir her.

– Keine Info, kein Geld. Klar?

Ich ließ ihn los und wendete mich zum Ausgang.

– Halt Bürscherl, so geht's nicht.

Ich guckte mich um und sah, dass er die Pistole aus dem Schrank geholt hatte und auf mich anlegte.

– Lass den Schein rüberwachsen, oder ich werde grantig.

– Probier's doch, du Arschloch.

Ich hörte hinter mir ein zweifaches Klicken. Er hätte tatsächlich geschossen. Ich nahm einen Aschenbecher vom Tisch und warf ihn in den Spiegel. Dann ging ich einfach weiter. Als ich die Pendeltüre hinter mir gelassen hatte, hörte ich ihn Boris! rufen. Schließlich war ich wieder draußen. Pia und Sascha standen mit dem Club hier in irgendeiner Verbindung, so viel war sicher. Die Frage war nur wie.

10

Die hohen Gänge des Polizeipräsidiums waren angenehm kühl. Endlich hatte ich die gesuchte Tür gefunden. Ich klopfte kurz an und ging hinein. Bungert saß auf einem Drehstuhl mit dem Rücken zu mir. Er hatte mich offenbar nicht gehört. Zwischen den Beinen hielt er ein Büchse. Mit der rechten Hand schöpfte er daraus Erdnüsse wie mit einem Schäufelchen ab und ließ sie in den Mund rieseln.

– Ist nicht wahr, was du sagst. Kalorien sind nicht das entscheidende Kriterium. Minder- oder hochwertig, das ist die Frage. Nüsse darfst du im Prinzip säckeweise essen. Das Problem ist nur, dass ich dabei immer höllischen Appetit auf eine richtige Mahlzeit kriege.

– Hör mit dieser sinnlosen Fresserei auf, rief Dorst aus dem Nebenzimmer herüber.

– Hören Sie, Inspektor. Sie müssen sich den Hunger als einen Wolf vorstellen. Groß, grau und zottig. Er kommt auf leisen Sohlen angeschlichen und heult. Dann muss er schnell gefüttert werden, sonst wird das Tier aggressiv.

Ich grinste. Bungert lief rot an. Seine Bäckchen wurden ganz fleckig. Aus dem Nebenzimmer kam Dorst herausgeschossen.

– Herr Gossec hat sich doch noch bequemt, uns zu besuchen. Sind Sie mit dem roten Teppich zufrieden, den wir für Sie ausgerollt haben?

– Hören Sie, Dorst. Friede! Lassen wir die Spielchen. Machen wir doch einfach einen Deal. Ich erzähle Ihnen alles, was ich weiß, und Sie erzählen mir, was Sie wissen. Das könnte beide Seiten ein gutes Stück nach vorne bringen.

Bungerts Kiefer begann langsamer zu mahlen. Er guckte auf Dorst. Dorst hakte beide Daumen in seinen Gürtel ein, dann nickte er.

– Sie fangen an.

– Eins vorab: Ich suche meine Nichte, das ist mein Ding. Alles andere spielt für mich keine Rolle.

Dann erzählte ich ihnen meine Geschichte von gestern Abend. Die Sache mit Carmello schönte ich ein wenig. Dass er verletzt worden sei, ich deutete auf Bungert, und dass er mich gezwungen habe, ihn schon beim Tierpark aussteigen zu lassen.

– Was liegt denn gegen ihn vor?

– Eins nach dem anderen.

Also erzählte ich weiter. Aber Dorst schien mir gar nicht zuzuhören. Er stand am Fenster und guckte hinaus. Auch Bungert hatte sich von mir abgewendet. Er leerte sich den Rest der Dose in der Mund und suchte dann auf seinem Schreibtisch nach dem dort deponierten Mineralwasser.

– Langweile ich Sie, fragte ich.

Dorst setzte sich auf die Fensterbank.

– Sag's du ihm, wies er Bungert an.

– Für uns ist da kaum Neues dabei. Wir wissen jetzt nur,

dass Sie den Kollegen im Revier 11 verständigt haben. Okay, ist ja eine wichtige Info für uns. Passen Sie auf. Kurz nach Ihrem Anruf gehen wir hin. In die Dr.-Friedl-Straße. Die junge Frau finden wir genau so, wie Sie das beschrieben haben. Susan Bode. Spitzname Sascha. Sie war übrigens nicht das erste Mal bis zur Halskrause dicht. Das war kein normaler Drogenkonsum, die hatte eine ganze Apotheke intus. Jedenfalls geht sie ins Bad, will sich wahrscheinlich eine Wanne einlaufen lassen, fällt – war ja ohnehin ein Wunder, dass sie sich überhaupt noch auf den Beinen halten konnte – und knallt gegen den Hahn.

Dorst guckte Bungert an. Der hatte gerade die Wasserflasche angesetzt und ließ ordentlich was in die Kehle ablaufen.

– Zeig mal das Foto, Bodo.

Bungert entnahm einer Mappe ein Foto von Sascha. Tippte auf den Wundstriemen über dem Auge.

– Hundert Pro die Todesursache und keine Fremdeinwirkung.

– Dann haben wir die ganze Wohnung gefilzt, fuhr Dorst fort. Haben übrigens keine Drogen gefunden, obwohl die Obduktion zweifelsfrei ergeben hat, dass sie gekokst hat.

Dorst fixierte mich, ich zuckte die Achseln. Am besten ging man in die Offensive.

– Warum lassen Sie mich denn die ganze Geschichte abspulen, wenn Sie ohnehin schon alles wissen? Das kann doch wohl nicht wahr sein!

– Weil wir Ihre Aussage brauchen, Gossec. Deswegen.

Dorst kam vom Fenster zum Schreibtisch, zog sich einen Stuhl heran und setzte sich mir gegenüber.

– Ihre Nichte haben wir nicht gefunden. Nur Pornofotos von ihr, die gerade im Internet kursieren.

Bungert tauchte unter dem Schreibtisch auf. Seine Bäckchen waren jetzt weißrot marmoriert. Er legte mir ein Foto hin. Pia lag mit angezogenen Knien im Bett. Ihr Gesicht lag auf den aufgestützten Armen und war zur Seite gekehrt. Ich glaubte, Striemen zu erkennen. Ihr Gesicht war verquollen.

– Ist sie misshandelt worden?

– Sieht für mich nicht so aus.

Pia trug nur eine schwarze Pyjamajacke, vorne offen.

– Und wie erklären Sie sich das alles, fragte ich.

Dorst zuckte die Achseln. Bungert starrte zur Decke.

– Na ja, hob Dorst dann doch an. Ist per se nicht illegal, verstehen Sie. Sie ist volljährig. Und das mit Sascha. Ich sag mal, das war eine Selbstmordparty, die sie da veranstaltet hat. Die wollte sich hinüber bringen. Dass sie dabei gestürzt ist, war Zufall. Sonst wäre sie an den Drogen gestorben. Denke ich jedenfalls.

– Mord?

– War es nicht. Ist ja nichts da. Deutet nichts darauf hin. Das einzige, was uns wirklich zu interessieren hat, ist, wie die Mädels an die Drogen gekommen sind. Immerhin gibt es eine, die wahrscheinlich ohne das Zeug noch leben würde. Als Lieferanten haben wir Dimauro in Verdacht.

– Kann ich mir nicht vorstellen.

– Was hat er bei Ihnen gemacht?

– Er sucht Pia. So wie ich.

Dorst zuckte schon wieder die Achseln. Das Thema war ihm offenbar scheißegal.

– Viel Glück!

Wir schwiegen uns an. Seine Ignoranz irritierte mich, und es dauerte, bis ich den Faden wieder gefunden hatte. Ich haute mit der flachen Hand auf den Schreibtisch.

– Ist das alles? Ist das denn scheißegal, wer die beiden Mädels so ruiniert hat? Vor einem Jahr war Pia noch der Superstar. Jede Woche ein Artikel über sie. Ihre CD in den Charts. Und in kürzester Zeit ist sie so platt gemacht, dass sie nur noch von dieser Welt verschwinden will. Das kann doch wohl nicht sein. Soll man das einfach abnicken?

– Müssen Sie doch nicht. Aber unser Ding ist das nicht. Wo kein Verbrechen ist, ist für uns nichts aufzuklären.

Ich sprang auf und wendete mich zur Tür.

– Gossec!

Dorsts Stimme war so scharf, dass ich stehen blieb und mich noch einmal umdrehte.

– Setzen Sie sich, sagte Dorst nun in samtweichem Ton. Wir haben Ihre Aussage auf Band aufgenommen. Wir lassen sie abtippen, und Sie unterschreiben. Dann hat alles seine Ordnung, und Sie können gehen. Okay?

11

Ich fühlte mich ausgewrungen und steinalt. Mit einem Wort: beschissen. Ich parkte meinen Bus im Hof und ging ums Eck zu *Erika*. Erikas Stehausschank ist ganz im Stil der fünfziger Jahre gehalten. Seit Jahrzehnten ist das Schaufenster mit verschieden großen Dujardin-Flaschen dekoriert. Ich kippte zwei im Stehen und machte mich dann auf den Weg zu Julius. Julius Balser hat seine Werkstatt in einem Hinterhof in der Zenettistraße, direkt neben der Wurstfabrik Czionka und der Süd-Naturdarm. Draußen ist ein kleines Schild angebracht: *Julius Balser (MA), PC-Technik*. Die Werkstatt liegt ebenerdig, eine umgebaute Garage. In Schwabing hätte man sie Loft genannt. Julius Balser saß in einer Höhle, an deren Wänden in Regale gestopfte Rechnerteile reliefartig hochwuchsen, Stalagmiten aus Edelstahl und Silikon. Julius baute einen neuen Rechner zusammen. Zinndämpfe lagen in der Luft. Dazu das Aroma einer Nudelterrine, die Julius aufgebrüht hatte und quellen ließ. Hühnchen mit Eiernudeln und Erbsen. Dauerte fünf Minuten, bis dahin arbeitete Julius weiter. Er blickte nur kurz von der Platine auf, über die er gebeugt saß. Ein gebrochener Anschluss war zu löten.

– Tag, Willi, was gibt's?

– Nenn mich bloß nicht Willi heute.

– Probleme?

– Meine Nichte, Pia, du weißt schon, sie ist verschwunden.

– Oh Scheiße, tut mir Leid. – Was kann ich für dich tun?

Ich zog die DVD vom *Oase* Club aus der Tasche.

– Ich wüsste gerne, was da drauf ist. Könnte ziemlich heftiges Material sein. Kannst du das mal angucken?

Julius deutete mit dem Lötkolben auf den obersten der drei aufeinander gestapelten schwarzen Plastikkästen. Sie waren beschriftet mit *In*, *Action*, *Out*. Ich legte die DVD in den Posteingangskasten. Julius schob die Schutzbrille hoch und legte den Kolben auf den Ständer. Er stieß sich mit den Füßen nach hinten ab und rollte auf seinem Drehstuhl zum Werkzeugschrank. Dort an der Metalltür in einer Schlaufe steckten Löffel.

– Auch einen? Willst du mitessen?

Ich schüttelte den Kopf.

– Ich geh rüber zu Sabatino. Bis die Tage dann!

Wie immer roch es draußen von der Wurstfabrik her nach Eingeweiden und Blut. Montag war Lyonertag. Da kam noch Räucheraroma dazu. Drinnen drehten die Czionka-Leute schwere Lappen von Fett, Fleisch und Innereien durch den Wolf. In einer Zentrifuge wurden Knochenteile pulverisiert und beigemischt. Dann rührten sie die Masse in Kesseln zusammen, würzten sie und versetzten sie mit Wasser, stopften das Ganze in Därme, brühten und räucherten die Würste. Wohlgenährte Ratten strichen um die Abfallcontainer herum. Das heiße, fettige Wasser aus den Wurstkesseln wurde abends in die Kanalisation gekippt und dampfte im Hof aus den Gullys.

Als ich auf die Straße trat, fuhr Rübl auf dem Rad an mir vorbei. Wahrscheinlich wollte er zum Flaucher hinüber. Auf den Kiesbänken waren nackte Frauen zu begucken, im schattigen Biergarten holte er sich eine Russnmaß. Man musste ja am frühen Nachmittag nicht gleich mit Vollbier einsteigen.

Ich ging zum Schlachthof. Meine Fresse, war das ein Gestank heute! Als hätten sie direkt unter dem Pflaster Tierkadaver verscharrt. *Sabatinos Osteria* lag in dem umzäunten Gelände. Tolle Lage, ziemlich zentral. Wo geschlachtet wird, wird auch gegessen. Natürlich auch gesoffen. Der Nachteil war, dass bei einer Wetterlage wie dieser wahre Miasmen aus den Gullys pesteten und nach innen in die Häuser krochen. München leuchtet nicht nur, es stinkt. Jedenfalls im Schlachthofviertel. Sabatino, der seit langem in München ansässige kalabresische Gastronom, konnte das plausibel erklären.

– Claro, hatte er gesagt. Die machen da täglich an die tausend Schweine und zweihundert Rinder tot und schlitzen sie auf.

Sabatino setzte die ausgestreckten Finger der rechten Hand an seiner Schläfe an wie einer, der sich einen Kopfschuss verpassen will. Dann markierte er die Brustbeinlinie und zeichnete sie weiter nach unten, als lasse sich das da vorne wie mit einem Reißverschluss öffnen. Allerdings stoppte er in Höhe des Bauchnabels, denn die Vorstellung hervorzurufen, er lasse sich womöglich seinen Schwanz zerteilen, war ihm unangenehm.

– Vorne alles offen. Holen sie die ganzen Innereien raus. Und das Blut, die Scheiße und weiß der Geier was noch, das brausen sie in den Abfluss. Das Zeug sammelt sich da unten, gärt, verwest. Wetter drückt von oben. Pumpt Gestank hoch. Und der legt sich wie eine Glocke über die ganze Gegend.

Von zwölf bis fünfzehn Uhr war in *Sabatinos Osteria* Hochbetrieb. Aus dem Schlachthof, der Großmarkthalle und den umliegenden Fleisch verarbeitenden Betrieben kamen sie, um einen Teller Pasta zu essen. Rauch und die lautstarke Unterhaltung schlugen mir entgegen, als ich die Tür öffnete. Eine bunt gemischte Gesellschaft: Männer in Arbeitskleidung, blutverschmiert, Fernfahrer und Kaufleute mit Brillant-

Ohrringen, goldenen Armbändern in feinen Anzügen. Manchmal folkloristisch gebrochen, weiße Leinenhosen und -janker mit Lodenapplikationen, ein rosa Einstecktuch oder Haferlschuhe. Stammgast war, wer bei seiner Ankunft Rita knutschen durfte. Rita stellte ihren derben, fülligen, aber schon etwas welken Sex durch enge, bauchnabelfreie Tops aus. Sie trug eine weiße lange Schürze und watschelte mit den Tellern in der Hand durch das Lokal. Sie machte das Begrüßungsritual willig mit, ließ sich auf die Wangen küssen und am Rücken tätscheln. Mehr ging nicht, jedenfalls im Lokal.

– Hi Gossec, sagte Rita und hielt mir ihre Wange hin.

Ich küsste sie und rubbelte an ihrem Rücken. Sabatino hob die Hand, als ich mich setzte. Der Platz an der Theke war immer frei für mich. Sabatino stellte mir eine große Weißweinschorle mit Eiswürfeln hin.

– Was soll's sein?

– Ich nehme die Linguine mit Rucola-Pesto.

Hinter mir drängten sich ein Pharmavertreter und ein Immobilienmakler an den leeren Tisch. Ich kannte die beiden. Zwei unangenehme Patrone. Männer wie Gockel, die über das Stadium des Wettwichsens nie wirklich hinausgekommen sind. Der Pharmamann, gedunsen und herausgefüttert wie Mammis Liebling, klebte wie eine Butterkugel auf dem Barhocker. Der Makler blieb stehen, um sich die Bügelfalte nicht zu verderben. Seine Fresse war alkoholzerklüftet wie die von Jelzin. Auch frisurmäßig gab es einen Gleichklang. Er trug sein Haar genau so sauber gescheitelt, oben aufgewellt und scheinbar unkaputtbar mit Kunstharz nachbehandelt.

Zunehmend missmutiger rollte ich die Linguine auf. Das Geschwätz anzuhören, war eine Pein. Genau genommen Körperverletzung.

Der Dicke schob dem Eleganten die *Abendzeitung* zu.

– Die Kleine, da, die früher drüben im *Markgraf* bedient und später Karriere gemacht hat, von der gibt es jetzt Fotos. Hast du davon gehört?

Der Elegante schüttelte den Kopf.

– Die Schwarze?

– Kaffeebraune, verbesserte der Dicke. Au Mann, was für eine Frau. Alles dran.

Der Dicke machte Push-up-Bewegungen in Brusthöhe.

– Die ist da unten rasiert, raunte er. Sieht man ganz deutlich.

– Andiamo, sagte der Jelzindarsteller und klopfte dem Dicken auf die Schulter. Die Maschine steht draußen.

Die beiden verließen das Lokal. Ich legte Sabatino einen Schein hin und lief hinterher. Sie standen vor einer *Harley Davidson* mit schwarzen Fransentaschen. Interessiert blickten sie mir entgegen, als ich ankam.

– Ist das deine?

Ich wendete mich gleich dem Dicken zu. Sein Gesicht war von der Vorstellung der Schamhaarrasur immer noch animiert gerötet. Ich deutete auf die Zeitung, die er sich ins Jackett gesteckt hatte. Pia war dort mit Mikro auf der Bühne abgebildet. In Hip-Hop-Pose: der Finger ihrer ausgestreckten Hand zeigte nach unten aufs Publikum.

– Weißt du, wer das ist?

Der Dicke schüttelte den Kopf.

– Meine Nichte. Deshalb enthält sich ein blödes Schwein wie du jeder falschen Bemerkung. Klar?

Ansatzlos haute ich ihm die Faust unters Kinn. Ungläubig riss er die Augen auf. Dann kippte er nach hinten über das Motorrad hinweg. Jelzin duckte sich und hob schützend den Arm vors Gesicht. Solche Gesten lösen bei mir immer eine Beißhemmung aus. Ich ließ ihn stehen und machte mich auf den Weg.

12

Ich fühlte mich zwar etwas vom Alkohol beduselt, aber bedeutend besser. Einen Plan allerdings hatte ich nicht, was ich weiter unternehmen wollte. Aber das würde noch kommen. Ich brauchte erst mal ein Runde Schlaf. Ich schlich in meinen Laden zurück. Das Schild zeigte bereits mit der richtigen Seite nach außen: *Tutup closed*. Ich legte mich auf meine Liege, klemmte mir ein Kissen unter den Kopf und knackte sofort weg.

Ich hatte einen unheimlich beschissenen Traum: Ein Rocker hatte mich gegriffen. Langes, fettiges Haar, von einer geflochtenen Kordel zusammengehalten. Unter seiner Fransenweste ein nackter, haariger Speckbauch. Sah aus wie ein brutaler *Munich Bear*. Ein gewalttätiges Schwein mit Kräften wie ein Ochse. Er drückte mich nach unten auf die Knie. Mühelos. Ich konnte gar nicht anders als nachgeben. Groß hatte ich den Schlitz der schwarzen Lederhose vor Augen, außen frei liegende, silberfarbene Metallknöpfe. Der Dicke bedeutete mir, den Schlitz aufzuknöpfen. Ein aufgerichteter Schwanz reckte sich mir entgegen. Ich wusste, dass ich nicht darum herumkommen würde, ihn in den Mund zu nehmen. Dabei hatte ich ein stahlig-kaltes Gefühl auf der Zunge. Der Schwanz schmeckte metallisch.

Ich schlug die Augen auf. Ich hatte den Lauf eines Revolvers im Mund. Im Nacken spürte ich den Druck einer Hand, die mir jetzt begütigend übers Haar strich.

– Pscht. Ganz ruhig.

Der Kerl, der auf meiner Liege saß, trug eine an den Seiten geknöpfte Trainingshose. Blau, mit roten Streifen. Sein Muskelshirt war grau. Er roch sauer und scharf. Dahinter lag etwas wie Rasierwasser. Vielleicht war es auch ein Fahne, die von aromatisiertem Schnaps herrührte. Ich wollte auffahren, aber er hielt mich mühelos unten und schnalzte missbilligend mit der Zunge. Im Hintergrund war das Krachen von Holz zu hören. Schubladen, die aufgezogen, ausgeleert und zu Boden geworfen wurden. Ich schaffte es nicht, das Gesicht des Mannes zu sehen. Ich spürte, wie ein Schweißbach meinen Rücken hinunterrieselte. Was wollten die denn? Geld? Lächerlich, da war doch nichts. Warum zerlegten die meinen Laden? Mein Bewacher zündete sich eine Zigarette an. Er zog lang, inhalierte tief und machte zum Abschluss ein schmatzendes Geräusch. Jetzt wurde es ruhig.

– Nichts sonst, sagte eine Stimme im Hintergrund.

– Hör zu, Schätzchen, sagte der Bewacher. Du legst dich jetzt auf den Bauch. Gesicht ins Kissen. Wenn du guckst, hast du ein Loch im Rücken, klar?

Ich nickte. Ich spürte immer noch den Lauf der Waffe an den Zähnen. Langsam wurde er jetzt herausgezogen. Als habe man einen Stöpsel gezogen, rann Speichel an meinem Kinn hinunter in den Kragen des Hemds.

– Umdrehen und Augen zu!

Ich gehorchte. Erst Minuten später schaffte ich es, mich auf den Rücken zu drehen. Ich atmete keuchend, hyperventilierend. Dann schaute ich mich um. Der Jugendstilsekretär war zu Kleinholz geschlagen. Die Schubladen meines Schreibtischs lagen zertrümmert am Boden. Die Ladenkasse auf der Theke war unangetastet geblieben. Ich zog mich hoch. Am Waschbecken spülte ich mir den Mund aus. Ein Gefühl wie beim Zahnarzt. Im Mund den Geschmack alter, aufgebohrter Amalgamplomben. Irgendwie quecksilbrig. Im linken Kiefer ein Schmerz wie nach einer Maulsperre. Nun bemerkte ich, dass meine CDs verschwunden waren. Da war mir klar, wer mich da besucht hatte.

Die Ladenglocke klingelte. Ich fuhr herum. Wahrscheinlich hatten sie festgestellt, dass sie nur Musik- und Programm-CDs abgeschleppt hatten. Ich nahm mir eine Holzlatte und warf mich auf den Mann.

– Jetzt reicht's aber, oder?

Falscher Film! Denn der Mann, der unter mir lag und den ich im Würgegriff hatte, sah wie ein Wiedergänger von Erich Honecker aus. Große dunkle Brille, ein weißes Hemd mit Variokragen, eine graue zerknautschte Hose, wahrscheinlich aus Dralon. Ich ließ ihn los und half ihm hoch.

– Herr Gossec?

Ich nickte.

– Leibowitz. Gerichtsvollzieher. Ich habe eine Pfändung vorzunehmen.

Ich stieß pfeifend den Atem aus, stoßweise, als arbeitete ich mit schweren Hanteln. Das Leben hielt immer wieder neue Überraschungen bereit. Man sollte sich nie über Langeweile beklagen. Ein Lachen schüttelte mich durch. Es brach heftig aus mir heraus, göttlich geradezu, so wie es die Herren da oben lachen, wenn ihnen das irdische Gewürmel auf den Senkel geht.

– Bedienen Sie sich. Hier am Boden, alles Ihres.

Leibowitz öffnete seine Aktentasche, entnahm ein Papier.

– Sie haben im November letzten Jahres die Vorderbremsen Ihres Fahrzeugs bei der Firma Nosstack neu belegen lassen. Diese Rechnung wurde nie bezahlt.

– Weil nichts gemacht wurde, schrie ich.

– Ich bin nicht befugt, dazu Stellung zu nehmen. Der Vollzugsbescheid ist gestempelt und unterschrieben. Voll gültig also. Hier sehen Sie.

– Wie viel?

– Dreihundertzwanzig Euro und fünfzehn Cent.

– Und wenn nicht?

– Wir könnten auch Ihr Fahrzeug pfänden.

– Okay. Wie wäre es mit einem Scheck?

Leibowitz schüttelte den Kopf und versuchte, wie Bargeld zu lachen.

– Dürfen wir gar nicht. Bares, Handfestes – sonst bekommen Sie mich nicht aus dem Laden.

Ich überlegte. Dann fiel mir der Schmuck ein. Eine prächtige Brosche war darunter. Sicher original Neugablonz. Aber ich konnte es ja versuchen. Der Dumme probiert's, heißt es in Bayern.

– Schmuck? Eine Granatbrosche?

Leibowitz kräuselte skeptisch die Lippen. Ich ging zur Ladentheke, holte die Brosche aus der Schatulle und reichte sie ihm.

– Wie viel?

– Gut und gern fünfhundert Euro.

Leibowitz zuckte die Achseln und füllte eine Quittung aus. Ich unterschrieb. Das war immerhin Zeitgewinn. Bis mir das Glasding um die Ohren flog, vergingen mindestens zwei Wochen. Leibowitz verschloss seine Tasche und reichte mir die Hand. Ich folgte ihm und schloss den Laden. Nun war ich mit meinem Chaos alleine.

13

Ich füllte die Espressokanne. Die Vierergröße. Als der starke Kaffee durchgezischt war, goss ich alles in eine große Tasse und setzte mich auf meine Liege. Ich drehte mir eine Zigarette und schlürfte das heiße Gebräu. Wenn man nicht gerade Urlaub machte oder im Wirtsgarten saß, war der August eine grottenschlechte Zeit. Aber so extrem Minus wie in den letzten Tagen hatte ich lange nicht gemacht. Hin und wieder stellte ich mir die Sinnfrage, warum ich mir das überhaupt antat. Aber diese Frage endete immer in derselben Sackgasse: Weil ich es so wollte. Irgendwo unter dem Gerümpel lag die

Broschüre mit dem original Dalai-Lama-Personality-Test. Anfangs zierte ich mich ein wenig, dann machte ich ihn trotzdem. Zu meinem Lieblingstier hatte ich den Tiger erkoren. Das Schwein stand definitiv an letzter Stelle. Stolz ganz oben, Geld ganz unten. Die Krallen waren nur etwas stumpf zur Zeit.

Das Tolle an starkem Kaffee war, dass man spürte, wie der Hebel mit einem Ruck nach vorne auf Vollgas geschoben wurde, eine Art Kickstart für den dahin mickernden Kreislauf. Hinterher lief alles auf einem höheren Niveau. Das musste ausgenutzt werden. Ich stand auf, warf das Kleinholz auf einen Haufen und sortierte die Papiere.

Den Müll verstaute ich in einem großen blauen Plastiksack und schleppte ihn in den Hof. Als ich alles in die Tonne gewuchtet hatte und wieder zum Laden schlappte, stand Carmello vor mir.

– Mann, Junge, geh mir bloß aus den Augen. Ich hab schon genug Scheiße an der Fußsohle kleben.

Carmello bot ein Bild des Jammers. Er war blass, trug einen Kopfverband, und unter seinen offenbar hastig angezogenen Klamotten guckte ein Krankenhaushemd hervor. Er sagte gar nichts, sondern ging schwankend wie ein alter Maat auf hoher See zu seiner Vespa. Offenbar war er aus dem Krankenhaus ausgebüxt und stand noch unter Medikamenten. Er stolperte fast über einen Stein und setzte sich auf seine Vespa, um zu verschnaufen. Dass er nun auch noch zu weinen anfing, so weit wollte ich es nicht kommen lassen.

– Okay, rein mit dir.

Ich winkte ihm, und er folgte mir in den Laden. Ich stellte ihm im Nebenraum eine Liege auf, gab ihm eine Decke und sagte, er solle sich erst mal ausschlafen. In dieser Hinsicht war er noch ein Kind. In der Krankheit wird getan, was die Eltern wollen. Während er schlief, räumte ich weiter auf. Anschließend rief ich Iris an.

– Was ist passiert mit ihr?

Iris Stimme war alkoholwattiert. Aus Sorge um Pia konnte sie nur weinen oder saufen.

– Ich weiß es noch nicht genau. Nur so viel, dass ich mindestens einen Tag zu spät gekommen bin. Sie ist verschwunden. Vielleicht wollte sie sich mit ihrer Freundin umbringen.

– Und warum ist sie nicht zu ihrer Mutter gekommen, ich überreiß das einfach nicht.

– Dann guck einfach mal in den Spiegel.

Iris schluchzte auf. Trauer und Selbstmitleid flossen bei ihr ineinander.

– Hast du Zugang zu ihrem Haus, fragte ich.

– Nein. Die Polizei hat alles unter Verschluss. Warum?

– Ich wollte mich noch mal umsehen.

– Was hast du vor?

– Du glaubst doch nicht im Ernst, dass ich das einfach so hinnehme, wie sie ihr in diesem gottverdammten Betrieb den letzten Saft rausgequetscht haben. Pia hatte Mumm, da muss doch was passiert sein, dass sie derart unter die Räder gekommen ist. Wer immer dafür verantwortlich ist, den kauf ich mir. Wie war der Name ihres Managers?

– Der Vorname ist Boris. Der Rest russisch oder litauisch, ich glaube: Zakow.

Boris? Ich kannte den Namen. Diese fette Ratte in der *Oase* hatte nach Boris gerufen.

– Und wo finde ich ihn?

– Ihm gehören ein paar Clubs hier in München. Wirst ihn schon irgendwo auftreiben.

– Und ihr Plattenlabel?

– *Rocket Records.*

Wir verabschiedeten uns. Ich versprach ihr, sie auf dem Laufenden zu halten. Carmello schlief noch. Die Decke hatte er über den Kopf gezogen.

14

Gegen vier Uhr wachte Carmello auf. Ich brachte ihm einen Kaffee. Er nahm drei Löffel Zucker in das Tässchen.

– Also los, Junge. Deine Geschichte. Aber so wie sie sich zugetragen hat. Sonst fliegst du sofort aus meinem Laden.

– Stimmt das, dass Pia immer noch verschwunden ist?

Ich nickte. Carmello kämpfte mit den Tränen.

– Ist sie tot?

Ich schüttelte den Kopf.

– Sie ist weg, mehr weiß ich nicht.

Ich beobachtete ihn und glaubte ihm zum ersten Mal, dass Pia für ihn mehr als ein feuchter Traum seiner pubertären Nächte gewesen war.

– Du hast ihr die Drogen besorgt.

– Ja, Koks. Aber nur ein paar Gramm. Sie wollte das unbedingt. Als ich für sie gearbeitet habe, wollte sie immer vor Auftritten etwas schnupfen. Ich habe es gemacht, weil ich unentbehrlich sein wollte. Hauptsache in ihrer Nähe, verstehen Sie? Aber ich schwöre, dass ich ihr nie mehr beschafft habe.

– Weiter!

Carmello guckte zu Boden, dann nickte er.

– Sie hat sich mit Sascha da draußen eingebunkert, um sich den Rest zu geben. Ich wollte nicht mehr. Wollte nicht, dass sie sich killt. Ich habe gesagt, ich besorge ihr nichts mehr. Dann ist sie völlig ausgerastet, hat gebrüllt, auf mich eingeschlagen. Da ist bei mir was geplatzt. Zum ersten Mal habe ich zurückgebrüllt, das wurde immer heftiger.

– Worum ging's?

– Dass sie sich als Nutte verdingen wollte.

– Aber sie hat doch als Sängerin gut verdient.

– Hatte! Sie haben sie einfach abserviert. Ihre letzte CD war ein totaler Flop. Da waren sie eben der Ansicht, dass das mit ihr nichts mehr wird. Und es kommen ja laufend Neue nach.

– Und warum Nutte?

– Boris wollte sie in einem seiner Clubs unterbringen. Sängerin und Bardame. Aber das hieß ja, dass sie mitgehen sollte, wenn einer sie haben wollte.

– Und da hast du sie geschlagen.

– Ja. Ich war blind vor Wut und Eifersucht. Sie sagte, dass ihr das völlig egal sei, wer sie fickt. Da habe ich zugeschlagen. Mehr weiß ich nicht.

– Aber der Zettel an mich?

– Habe ich selber geschrieben. Ich wusste, dass sie Sie angerufen hat, so als letzten Rettungsanker. Kam aber nichts. Deswegen dachte ich, es würde helfen, wenn ich das eben noch mal versuche. Und da bin ich hier vorbeigefahren, Sie waren nicht da, und da habe ich dann den Zettel abgegeben.

Seine Geschichte, soweit sie Pia betraf, klang plausibel. Trotzdem war da noch was faul, jedenfalls guckte er scheu wie ein Hühnchen, wenn ich ihn musterte.

– Wie du mit der Polizei klar kommst, ist dein Bier.

Carmello nickte. Dann hatte ich eine Idee.

– Du heißt doch Dimauro, oder?

Er zuckte die Achseln.

– Und dein Vater hat diesen Weinhandel da im Schlachthof?

– Na und?

– Ihr Italiener macht doch immer auf Familie und haltet zusammen?

– Lassen Sie meine Familie aus dem Spiel ...

– Wieso hängst du dann immer bei mir herum, wenn es brenzlig wird?

Eine Antwort blieb ihm erspart. Das Telefon klingelte. Julius Balser war am Apparat.

– Gossec, das musst du dir ansehen. Die DVD, meine ich. Wahnsinn.

– Ich komme!

15

Ich klemmte mir den Totschläger in den Hosenbund. Bei den tropischen Temperaturen, bei denen einem alles am Leib klebte, sah das beschissen aus, mit dem darüber gezogenen T-Shirt sogar peinlich.

– Che bella figura, sagte Carmello.

Ich sah ihn zum ersten Mal lächeln. Er deutete auf Ernie. Ernie ist ein schwer auf Antik getrimmter, hölzerner Priapos. Er steht seit Jahren in meinem Laden. Sein Riesenständer war einmal rot bemalt, ist inzwischen jedoch schon etwas abgewetzt. Ein Glücksbringer, absolut unverkäuflich. Durch Rubbeln werden Wünsche wahr. Ich schaute an mir herunter, Carmello hatte Recht.

– Un cazzo mortale, capito?

Zwanzig Minuten später sollte mir dieser blöde Scherz Leid tun. Aber so ist das im Leben. Wer so scheppernd aufs Blech haut, bekommt eins auf die Mütze. Die Frage ist nur, wann. Carmello stand bereit, mit mir zu gehen.

– Junge, du bleibst hier. Einer hält die Stellung.

Carmello schüttelte den Kopf. Ich packte ihn am Unterarm.

– Wenn du Wert auf einen guten Onkel legst, machst du, was ich dir sage. Wenn nicht, verpisst du dich. Und zwar subito!

Widerwillig ließ sich Carmello auf die Liege zurückfallen. Diese kleine Kröte wurde langsam pampig, aber wahrscheinlich ahnte er, wovor ich ihn schützen wollte. Vorsichtshalber verschloss ich von außen den Laden.

Aus dem Schatten der Markise in die Sonne zu treten

war, als lasse man sich mit heißen Tüchern auspeitschen. Die Hitze war inzwischen so stickig, dass man kaum Luft bekam. Ich schaute zum Himmel. Seit gestern war dieses Wetter am Machen. Was sich an grau-gelben Wolken um München herum auftürmte, sah aus, als sei das Umland bereits vom Hagel verschüttet oder in Regenschauern abgesoffen. Nur direkt über mir war noch blauer Himmel und strahlende Sonne, ein Guckloch, durch das der liebe Gott beobachten konnte, was sein München machte.

Die Türen zu Julius' Werkstatt sind immer offen. Seitdem der Hausmeister von der Leiter gestürzt war, blieb der Hofdurchgang dunkel. Aber um zu PC-Balser zu gelangen, musste man nur der Nase nach, dorthin, wo sich Lötzinn-, Transistoren- und Silikondämpfe in staubigem Milieu verdichteten. Aber heute war noch etwas anderes im Spiel.

– Sind wir jetzt bei den Kuffnucken, oder was?

Julius war sofort beleidigt.

– Mein bester Freund ist Türke, du Rassist.

– Rede keinen Scheiß, darum geht's nicht. Seit ich in deiner Werkstatt stehe, atme ich nur noch durch den Mund.

– Hab dich nicht so. Erstunken ist noch keiner.

– Du dünstest wie ein Kebab in Knoblauchsoße.

– Souflaki mit einem Klacks Tsatsiki. Bei Nikos.

Julius zog eine Schnute. Alle fünfzig Nudelterrinen drehte er kulinarisch durch.

– Auch das noch. Vom Schmuddelgriechen. Die frischen ihre überständigen Tunken mit Zitrone auf.

Julius klappte seine Schutzbrille nach unten und beugte sich wortlos über ein Mainboard, um weiter zu arbeiten.

– Julius, Schatz, hör zu, du stinkst. Aber das vergeht wieder und ist kein Grund, beleidigt zu sein, ja? Tu mir den Gefallen und mach das Fenster auf.

Julius sah mich bekümmert durch seine beschlagene Schutzbrille an. Ich verstand, dass bittere Gedanken hinter seiner Stirn wogten. Aber dann ging alles doch noch einmal gut. Er stand auf und öffnete das Fenster. Schließlich wies er mir einen Platz an seinem großen Arbeitstisch zu, ihm gegenüber jenseits des Elektronikteile-Gebirges. Dort war ein Rechner mit Flachbildschirm aufgebaut.

– Was muss ich tun?

– Start, Pause, Stopp klicken. Ich habe dir alles zusammengesucht.

Ich klickte Start. Sicher war es nur ein Zufall, dass genau in diesem Moment draußen der erste Blitz zuckte und ein mächtiger Donner krachte. Vielleicht war die Gleichzeitigkeit auch nur Einbildung.

Einmal hatte ich versucht, Iris eine Liebeserklärung zu machen, hatte mich aber in den Worten verheddert und war über sämtliche Floskeln gestolpert. Da hatte sie in unnachahmlicher Weise das Problem auf den Punkt gebracht.

– Ein Gefühl ist ein Gefühl, das ist da oder nicht da und geht, wann es will, und wenn du das partout in Worten ausdrücken willst, dann ist das, als würdest du Wasser mit 'nem Sieb schöpfen wollen. Klar, du Schlaumeier?

Jedenfalls brach etwas los, als ich Start klickte. Wut, Hass, auf solche Worte ist doch geschissen. Da draußen tobte ein Unwetter wie das wilde Heer, und besser kann man das gar nicht ausdrücken, was in mir vorging: die Hölle. Julius, der mich beobachtete, stellte das Löten ein. Er rührte sich nicht, blieb wie erstarrt sitzen, traute sich nicht mal, das Fenster zu schließen.

Das auf dem Bildschirm war ein übler Porno. Einer von der Art, wo es ein Mann zwei Frauen gegen ihren Willen besorgt. Die Frauen waren lethargisch, irgendwie willenlos, kaum mehr bei Bewusstsein, gerade noch lebendig. Der Mann, der sie wie Puppen in Stellung brachte, war vierschrötig, fast kastenförmig. Sein Gesicht war nicht zu erkennen, er trug eine Clownsmaske. Sein Schwanz allerdings stach hervor: Er war tätowiert. Eine Schlange ringelte sich um ihn wie um einen Äskulapstab. Die eine Frau war weiß, die andere kaffeebraun. Kein Zweifel, das waren Sascha und Pia.

Ich erkannte nach und nach, dass das alles in Pias Haus stattgefunden hatte. Im Hintergrund schimmerte die apricotfarbene Sitzgruppe durch, und schließlich erkannte ich auch das Bett zweifelsfrei. Es war Pias Schlafzimmer, und dahinter lag das angrenzende Mädchenzimmer. Beide hatte ich gestern Nacht in verwüstetem Zustand vorgefunden. Ich war sicher, dass diese Vergewaltigungsorgie zu Saschas Tod und Pias Verschwinden geführt hatte.

Ich klickte Stopp. Eine ganze Weile saß ich stumm da, bis mich ein kühler Luftzug aus dem offenen Fenster hinter mir frösteln ließ. Ich drehte mich um. Wie ein Flash mutete das Bild einer triefnassen Gestalt an, die hinter dem Fenster stehend abtauchte. Ich sprang auf und schaute hinaus. Jemand lief durch den Hof in den Hausgang, riss die Tür auf und verschwand auf die Straße. Ich fasste nach dem Totschläger im Hosenbund, aber Hinterherlaufen hatte keinen Sinn. Julius war in seiner Küchennische verschwunden und werkelte herum. Dann stellte er mir wortlos eine Tasse Tee auf den Tisch.

16

– Der Hammer, oder?

Auch Julius war nicht für die großen Worte geschaffen, aber es genügte ja, wenn man verstand, was der andere meinte. Ich nickte und schlürfte den Tee.

– Was trinke ich denn da?

– Hopfenblüte, erwiderte Julius. Das gleist dich wieder ein.

Julius schloss das Fenster. Mit einem scheuen, etwas unsteten Blick sah er mich an.

– Gossec, ich muss jetzt gleich weg. Zum Kunden.

– Was denn? Jetzt noch?

– Logisch. Ist ein größerer Auftrag. Ich soll bei Mario das neue Netzwerk hochziehen. Wann denn, wenn nicht nachts? Tagsüber brauchen die doch ihre Rechner.

Ich pfiff durch die Zähne. Da hatte Julius ja wirklich mal ein Ding an Land gezogen. Mario war eine große Nummer im Viertel und verbreitete etwas vom Glanz eines *Padrone*. Er hatte durch die in der Mitte abgeknickte Nase die Fresse eines Boxers, dazu glattes, sorgfältig gescheiteltes dunkles Haar, schon ein wenig meliert. Als habe man einen Typen wie Lino Ventura nachbestellt. Mittags sperrte Mario seinen Laden zu, den Schlüssel trug er an einem Goldkettchen in der

Hosentasche, und ließ sich ins *Borsalino* hinüber fahren. Ein bisschen Pasta, ein bisschen Fisch, dazu Wein und hinterher reichlich Espresso. Sein bleiches, narbiges Gesicht gab ihm im Halbdunkel der Kneipe etwas Verwegenes, was durch ein weißes Jackett, das er gerne trug, und schwere Siegelringe an den Händen unterstrichen wurde. Auch seine Hosen waren aus feinem Tuch, meist blau, und sein Vorrat an braunen Schuhen schier unerschöpflich.

Sein Laden allerdings war eine Absurdität. Er lag direkt neben einer Großmetzgerei in der Adlzreiterstraße. Import und Export von italienischen Lederwaren sowie Kaschmirjacken und -mänteln. An dem Geschäft und der Auslage gab es nichts zu mosern, nur an der Lage, denn in der Adlzreiterstraße erwartet man Fachgeschäfte für Hammelnierchen und gebrühte Kalbsköpfe, allenfalls Autowerkstätten. Ich hatte spaßeshalber einmal versucht, mir dort einen Gürtel zu kaufen. Mario fing mich schon an der Tür ab: Nur für Wiederverkäufer! Andere erhielten den Bescheid: Heute geschlossen! Im Laden stand öfter mal ein Grüppchen von Herren beisammen, die viel mit den Händen redeten, Espresso tranken, wie die Tiere rauchten und dabei so gut betucht wirkten, als ob jeder von ihnen der Besitzer eines feinen Ladens sei. Manchmal waren die Schaufenster mit Packpapier verhängt, kurz darauf wieder anmutig dekoriert.

– Gratulation, sagte ich.

Julius war schon ganz hibbelig und hatte keinen Nerv mehr für so etwas. Er packte seine Tasche zusammen.

– Willst du jetzt noch ein paar Infos, oder machen wir das morgen?

- Leg los!
- Bilder aus dem Film, den du gesehen hast, kursieren im Internet. Liegen auf dem Server der *Oase*.
- Ach ne?
- *Geile Proms in flagranti erwischt*. So ähnlich. Kannst du downloaden gegen Bezahlung. Dort gibt es nun auch eine Serie *Sister Sox*.
- Und wie kriegen wir das weg?

Julius schaute resigniert auf das eingepackte Werkzeug und zuckte die Achseln. Er klopfte sich Brust- und Hosentaschen ab.

- Hast du meine Schutzbrille gesehen?

Ich tippte an die Stirn. Julius zog schon wieder eine so beleidigte Miene, dass ich seiner Schutzbrille, die er auf seinen Stirnhöcker geschoben hatte, einen Schubs nach unten gab. Im Weichzeichner der Fettschlieren sah er noch trauriger aus.

- Wie wir das wegkriegen, habe ich gefragt.
- Du kannst den Betreiber der Website verklagen. Gossec, ich habe da einen Superanwalt, der auf so was spezialisiert ist. In vielen Fällen hat er schon Erfolg gehabt. Die Adresse kann ich dir noch raussuchen, wenn du ...

Ich spürte ganz deutlich, wie sich mein Hals zum Kehlsack eines Ochsenfroschs aufblähte.

- Dieses Rechtsanwaltgesülze kannst du dir sonst wohin schieben. Du bist der Techniker und Superprogrammierer, der sich durch sämtliche Rechner der Stadtverwaltung gehackt hat. Du sägst dieses Ding höchstpersönlich raus. Vernichten, platt machen – verstehst du? Auslöschen, Platte des Servers neu formatieren! Und zwar so schnell wie möglich.

Schweigend standen wir uns gegenüber. Mein Herz schlug so heftig, dass Julius das Pochen hören musste.

– Bitte. Du musst es tun. Damit dürfen diese Schweine nicht durchkommen.

Julius nahm seine Schutzbrille ab, hauchte sie an und wischte an den Gläsern. Er legte sie in seine Werkzeugtasche und verschloss sie.

– Okay, ich versuch es.

Mit ungewöhnlich festem Blick sah er mich an.

– Grobian! Gossec, du bist ein fürchterlicher Grobian.

– Kuffnucke, erwiderte ich.

Dann umarmte ich ihn. Aber es war widerlich, wie dieser gute Mensch nach Knoblauch stank.

17

Die Luft war frisch, man atmete wieder freier. Kurzzeitig zumindest, denn vom großen Regen war außer ein paar kleinen Pfützen nichts übrig geblieben. Das aufgeheizte Pflaster hatte alles verdampfen lassen. Hundstage waren Hundstage und der Regen Tropfen auf heißen Stein. Es kostete mich viel Kraft, an Erikas Stehausschank vorbeizuschnüren. Liebend gern hätte ich mir die Hucke vollgesoffen, aber ich hatte für die nächsten Tage ein Riesenprogramm, und ein Fünfziger wie ich steckt solche Exzesse nicht mehr so leicht weg. Enthaltsamkeit war angesagt. Ich holte bei Bruno zweimal Pizza Margherita und eine eineinhalb Liter Colabombe.

Als ich den Laden aufsperrte, war schnell klar, dass ich mir die zweite Pizza hätte sparen können. Carmello war wieder einmal verschwunden. Das hatte ich befürchtet. Wenn er mir zu Julius gefolgt war und nun zu randalieren begann, stand großer Ärger ins Haus.

War aber trotzdem schade um die Pizza, zumal ich zweimal XXL gewählt hatte. Also nahm ich sie und klingelte bei Rübl. Er war wie immer im Unterhemd, diesmal olivgrüner Feinripp. Auf seiner Schulter saß eine schwarze Katze. Eine andere flüchtete um die Ecke.

– Pizzadienst, sagte ich.
– Wie viel, fragte Rübl.
– Sechs Euro.

Ich nahm das Geld, gab ihm die Pizza, und zwei Menschen waren glücklich. Dann setzte ich mich im Hof auf die Bank, aß meine Margherita und trank Cola dazu. Kurze Zeit später, es mochte vielleicht neun Uhr sein, stolperte ich nach drinnen und ließ mich schweinemüde ins Bett fallen.

18

Am anderen Morgen war ich bereits um sechs Uhr hellwach. Ich pfiff mir ein Viererkännchen Espresso ein und aß den Aldi-Nachbau eines Prinzenkeks aus dem Kühlschrank dazu. Der erste Punkt auf der Tagesordnung war eine Wohnungsauflösung, die ich schon letzte Woche zugesagt hatte. Später kam etwas Heikles: Ich musste noch einmal hinaus in den

Euroindustriepark zur *Oase*, um herauszubekommen, wo Pia steckte. Diesmal würde es nicht bei eingeworfenen Spiegeln bleiben.

Ich fuhr nach Pasing in die Maria-Eich-Straße. Es handle sich um eine Zweizimmer-Wohnung, hatte man mir gesagt. Die Tochter der Verstorbenen empfing mich unten auf der Straße und begleitete mich hoch. Als sie aufsperrte, war mir sofort klar, dass auch diese Aktion ein Reinfall werden würde. Was für ein Siff! Eine Kammer war bis obenhin voll mit Pressedevotionalien. Beginnend mit dem *Feuerreiter* und der *Münchner Katholischen Kirchenzeitung* lag die ganze Entwicklung der katholischen Öffentlichkeitsarbeit in der Erzdiözese München und Freising aufgestapelt. Die Verstorbene hatte sich strikt an das Prinzip gehalten, dass mit der Kirche oder mit Klerikern Zusammenhängendes irgendwie geweiht war und daher nicht in den Hausmüll geworfen werden durfte. Nur Verbrennen wäre zulässig gewesen. Nach Umstellung ihrer Wohnung auf Zentralheizung war ihr aber auch diese Möglichkeit verbaut. Also sammelte sie. Nur ein früher Jahrgang *Feuerreiter* und die Autogrammkarten der Kardinäle Faulhaber und Wendel schienen mir erhaltenswert. Der Rest wäre allenfalls etwas fürs Caritasheim gewesen. Auch sonst war nur Schrott in der Wohnung. Zwischen vergilbter Wäsche in Schränken immer wieder Bildchen vom heiligen Antonius. Offenbar hatte sie viel verloren und vergessen. Alzheimer, bestätigte die Tochter, als ich mich von ihr verabschiedete.

Gegen Mittag war ich wieder zurück und hatte wenig auszuladen. Nichts, was sich wirklich gelohnt hätte: etwas

Porzellan, zwei Ölgemälde und eine alte Waschschüssel mit Krug. Der Rest war Müll, den ich gleich entsorgte. Aber das gehörte zum Geschäft, man konnte vorher nie genau sagen, ob solche Aufträge Nieten oder Treffer waren. Ich stellte meine magere Ausbeute im Laden ab.

Dann schnappte ich mir die Karte, die ich bei Pia eingesteckt hatte, und wählte die Nummer der *Oase*. Eine Frauenstimme auf Band, so lasziv wie Kunsthonig, sagte, dass der Club und auch alles andere ab 16 Uhr geöffnet sei. Man war also geschäftlich gewieft: Wer schon vor 16 Uhr Zeit zu einem Fick hatte, war entweder arbeitslos und daher nicht solvent genug oder so reich, dass er definitiv nicht in eine derartige Klitsche ging.

Bis dahin waren es noch fast vier Stunden. Für solche Fälle habe ich unter dem Bett meine Sporttasche stehen. Vor acht Jahren hatte mich ein Bandscheibenvorfall umgenietet. Den hatte ich mir beim Anheben eines Toilettentischs zugezogen. Als ich wieder auf den Beinen war, wurde ich Abonnent von *Ben's Kraftstudio* ganz oben im ausgebauten Speicher eines Altbaus am Zenettiplatz. Zum Einstand musste ich mich damals auf einer Massagebank flachlegen, damit Ben mich untersuchen konnte.

– Gossec, sagte er, du bist so wabbelig wie ein Pudding.

Ben trägt seit jeher einen Stiftenkopf wie ein GI. Er ist dürr und sehnig, dabei aber zäh wie Juchtenleder. Dann schlug er mir patschend auf den Arsch.

– In zwei Jahren bringe ich dich dahin, dass du mit deinen Backen wieder Nüsse knacken kannst wie in deiner besten Zeit.

Das war heillos übertrieben, aber als er mich neulich durchcheckte, meinte er, meine Oberkörpermuskulatur sei auf dem besten Wege, sich zum *Full Metal Jacket* zu entwickeln. Ben liebt es drastisch, aber seit meiner Arbeit an den Kraftmaschinen hatte ich mir beim Heben tatsächlich nichts mehr verrissen.

Normalerweise ging ich morgens dumpf, noch ziemlich verkatert in das Studio, um das Hirn wieder durchzuputzen und mich auch sonst in Fahrt zu bringen. Das kostete mich einige Überwindung. In der Umkleide fiel meine Stimmung auf den Tiefpunkt, die Verhältnisse dort waren eine einzige Sauerei. Nicht in hygienischer Hinsicht, sondern weil man den anderen notgedrungen zusehen musste. Einzelkabinen gab es da nicht, nur Spinde. Vor einiger Zeit waren die Muskelmänner unter sich, aber inzwischen schälten sich schon alte Männer aus ihren grauen Hosen und standen dann in sackartig weiter Unterwäsche da. Die Alten waren eklig und die Jungen Schweine. Denn die kamen von den Geräten zurück, dampfend in ihrer Synthetiksportkleidung, streiften die enge Schale ab, rubbelten sich Deostift unter die Achseln, zogen sich an und verschwanden, Geruchsschwaden wie parfümierte Pumas hinter sich her ziehend. Dass Männer in meinem Alter besonders gründlich duschten, dagegen gab es nichts einzuwenden. Da wurde nicht an Gel, Shampoo und Conditioner gespart; man ölte sich anschließend tüchtig ein und trug ein Duftwasser auf. Das Schlimme bei dieser Altersgruppe war, dass sie sich so ungehemmt verhielt wie zu Hause im Badezimmer. Dieter, der mir auch sonst auf die Nerven fiel, roch prüfend an allem, was er auszog: Strümpfe,

Unterhose, Shirt. Meistens wurde das Stück dann in einer Plastiktüte versenkt. Nun trat Dieter an den Spiegel, besah sich von vorne, von der Seite und fönte dabei seine schweißnassen Turnschuhe trocken. Zuhauen, dachte ich jedes Mal. Vielen täte es gut, wenn man ihnen eins hinter die Löffel gäbe. Gar nicht groß herumreden, einfach zuhauen! Sie fangen sonst womöglich noch an, sich in der Umkleide die Hämorriden zu cremen oder den Sack zu rasieren.

Geladen betrat ich die Sporthalle. Beim Training füllten sich nicht nur die Muskeln mit Blut, auch das Gehirn profitierte von der beschleunigten Zirkulation. Nicht der Schlaf, sondern die Übungen beseitigten die Reste des vorhergehenden Tages: verbrauchte Gedanken, stockige Gefühle. In gewisser Weise haben alle Organe – und dazu zählt auch das Hirn! – die Eigenschaft von Schwellkörpern. Erst durch den Einschuss von frischem Blut tun sie wieder ihren Dienst. Bei manchen wie Dieter ging dieser Effekt allerdings nur in eine Richtung. Er schnappte mich damals an der Theke bei Erika.

– Beim Training werde ich urplötzlich und sinnlos strunzgeil, gab er zum Besten.

Dieter war an diesem Abend auf Unterhaltung aus. Bei Erika hatte er sich zuerst über die vielen Baustellen und den Lärm im Viertel beklagt. Wenn Erika sich ihm zuwendete, wurde Dieter heftiger, sprach nicht nur zu ihr, sondern suchte kumpelhafte Zustimmung von anderen. Wenn Erika sich wieder zurückzog, versackte das Gespräch, Dieter dumpfte vor sich hin, brummte *Der Wahnsinn!* oder ähnliches, schüttelte sogar beim Zigarettenanzünden den Kopf und tat so alles dafür, das Thema lebendig zu halten, um dann, wenn Erika zurückkam, ansatzlos wieder hinhauen zu können. Irgendwann war schließlich Ruhe, bis ich den Fehler machte, an die Theke zu treten.

– Ich bekomme einfach tierisch Bock auf *Babes and Beer*.

Dieter zwinkerte mir mit alkoholschiefer Fresse zu und beugte sich vor, um mich weiter ins Vertrauen zu ziehen.

– Musst den Frauen an den Geräten ja nur mal zugucken. Ein praller Arsch oder bei den engen Hosen eine durchgepauste Ritze ist immer drin. Und manche kriegen ja auch durch die körperliche Anstrengung erigierte Titten. Außerdem gibt es da Beinspreizer-Geräte, wo du eine ziemlich genaue Vorstellung davon kriegst, wie es wäre, wenn.

Da stand dieser eklige Typ vor mir, bucklig, mit schiefen Zähnen und dunkel gefärbten Haarflusen, dem Schlagersänger, den sie *Pater Iltis* nennen, wie aus dem Gesicht geschnitten, und glaubte, er könne mich mit seinen Schmierogeschichten zuschwallen. Erika sah, dass mir bereits die Galle hochkam, und machte besänftigende Handbewegungen, mit denen sie mir Gelassenheit nahe legen wollte. Es wäre besser gewesen, sie hätte Dieter den Ton abgedreht.

– Und dazu spiele ich gerne das folgende Gedankenspiel: Nimm mal an, dass alle, die im Raum sind, durch ein Unglück am selben Ort bleiben müssen – kein Entkommen oder so –, dann würden sich alle Anwesenden irgendwie neu zusammenfinden. Verstehst du? Wurscht, ob die verheiratet oder sonst wie in festen Händen sind, ist ja echt egal, Eva hatte ja nur Adam, da gab es kein Vertun. Drei Männer mit fünf Frauen zum Beispiel, super! Aber fünf Männer mit drei Frauen – da gibt's Ärger.

– Dass so ein zeckiges Arschloch wie du sogar solo mit fünf Frauen keine Chance hat, ist dir klar, oder?

Dieter grinste, weil er noch gar nicht auf Empfang geschaltet hatte. Dann kam die Botschaft an, er verzerrte das Gesicht, machte einen tapsigen Ausfallschritt nach vorne und versuchte, mir eins in die Rippen zu hauen. Ich ging rasch beiseite, er stolperte an mir vorbei, und ich trat ihm in den Arsch, dass er auf dem Boden landete.

– Wenn du noch einmal versuchst, mich mit deinem idiotischen Phantasien zuzumüllen, stopf ich dir das Maul.

Das war es, seither hatte ich Ruhe vor ihm. Leuten wie Dieter muss man von vorneherein klar die Grenzen aufzeigen, Umgänglichkeit verwechseln die sonst mit Zustimmung, und man kriegt sie nicht mehr von der Backe.

Ich war inzwischen beim Bauchtrainer angelangt, einige andere Geräte hatte ich bereits hinter mich gebracht. Bei diesem Wetter lag das Hemd klatschnass am Oberkörper. Plötzlich tat es einen schweren, dumpfen Schlag, bei dem eine große Scheibe zu Bruch ging. Als habe man einen Laden mit der Panzerfaust beschossen. Ich ließ das Gerät krachend nach unten sausen und rannte zum Fenster. Und wenn das nun mein Laden war?

19

Wir drängten uns am Fenster zusammen. Ben stieg nach oben auf das Sims und lugte durch das Oberlicht. Von dort gab er die Parole aus, dass das aus der Adlzreiterstraße komme.

– Bist du sicher, fragte ich.

– Absolut, sagte Ben und sprang wieder herunter.

Ben hatte Recht. Kurze Zeit darauf stieg in der Adlzreiterstraße eine Rauchsäule empor. Bald heulten die Sirenen, und die Feuerwehr preschte heran. Ich dachte, es würde mir gut tun, wenn ich den Adrenalinstoß an den Geräten abarbeitete.

Später ging ich geduscht und im frischen Hemd aus dem Studio und wollte nachsehen, was da eigentlich los war. Mitten in der Adlzreiterstraße war eine Absperrung errichtet worden, niemand durfte mehr durch. Der Brand allerdings war gelöscht. Es sah tatsächlich so aus, als habe eine Bombe eingeschlagen. Straße und Pflaster waren mit Glasscherben übersät, die gelb gestrichene Außenwand des Hauses war bis zum zweiten Stock hoch rußgeschwärzt. Es dauerte eine Weile, bis ich endlich begriff, was ich sah: Bei dem betroffenen Laden handelte es sich um Marios Geschäft. Mir wurde sofort schwach, denn ich dachte an Julius und seinen Job gestern Nacht.

Wie so oft hatte ich dieses gottverdammte Handy zu Hause gelassen. Allerdings wusste ich, dass gleich am Eck eine Telefonzelle war. Ich rannte los.

Wie auf glühenden Kohlen stand ich in der Zelle und versuchte, die Pause zwischen den Klingeltönen in das Knacken umzudeuten, welches das Abnehmen des Hörers signalisierte. Endlich, nach Minuten, wie mir schien, war es so weit.

– Ja, raunzte eine schläfrige Stimme.

– Julius, bist du das?

– Logisch.

– Gott sei Dank!

– Bist du noch ganz dicht, Gossec?

Julius kam offenbar zu sich.

– Ist dir klar, dass ich die ganze Nacht durchgeschuftet habe. Muss das sein, dass du mich schon zu dieser Zeit herausklingelst?

– Jetzt halt mal die Luft an, Julius, und hör mir genau zu. Du kannst in Altötting fünf Kerzen spendieren, dass du noch am Leben bist.

Julius' Atem ging schwer, fast rasselnd. Dann jagte der Schreck seinen Puls in die oberste Etage.

– Kannst du mir endlich sagen, was los ist, schrie er.

– Marios Laden ist praktisch ausradiert. Ein schwarzes Loch. Vollkommen kaputt und ausgebrannt. Ich wollte nur wissen, ob du es unbeschadet geschafft hast.

Julius ließ ein gurgelndes Räuspern hören.

– Au Scheiße! Das ist ja übel.

– Hat er dich nicht bezahlt?

– Unsinn, erwiderte Julius. Du kennst doch Mario. Ich habe alles bar auf die Kralle bekommen. Darum geht es doch nicht.

Wir schwiegen. Wahrscheinlich dachten wir beide dasselbe.

– Hast du es gemacht, fragte ich.

Julius' Schweigen war betreten, irgendwie schuldbewusst.

– Klar habe ich es gemacht. Und zwar gleich als erstes, ging ziemlich flott. Eine Stunde, nachdem wir auseinander gegangen sind, war die Website schon komplett weg. Habe den Server mit einem Formatierungsbefehl in die Wüste geschickt. Wie du es wolltest.

Gerne hätte ich von Julius erfahren, ob er es für möglich hielt, dass die Spur zurück zu Marios Rechner verfolgt werden konnte. Aber ich verkniff mir diese Frage. Ich hatte den Eindruck, dass Julius schon jetzt psychisch an der Kante war.

– Wunderbar, sagte ich stattdessen, so munter wie möglich. Ich wusste ja, dass du das hinkriegen würdest. Dann schlaf dich aus, wir sehen uns später.

Noch bevor ich einhängen konnte, klopfte jemand an der Scheibe. Auf dieses Gesicht und das herrische Winken, das mich nach draußen beorderte, hätte ich nur allzu gerne verzichtet.

20

Inspektor Dorst musterte mich. Er drückte die ineinander verschränkten Hände nach außen und ließ die Fingergelenke knacken.

– Reiner Zufall, was?

Ich zuckte die Achseln.

– Zwei junge Frauen koksen, eine stirbt. Kurz darauf filzen Sie das Haus. Dimauro taucht bei Ihnen auf, Sie düsen mit ihm ab. Und jetzt wird einer ins Jenseits befördert, und schon wieder ist Herr Gossec vor Ort. Find ich komisch.

– Moment mal, warf ich ein. Ich sehe hier nur einen ausgebrannten Laden.

– Blind, was?

Dorst versuchte mich mit seiner Süffisanz zu provozieren. Tatsächlich sah ich nun, dass hinter der Absperrung ein Notarztwagen stand. Die Sanitäter hoben eine Trage auf die herausgezogene Heckklappe. Bungert stand mit dem Arzt in Verhandlung.

– Gibt es einen Zusammenhang der drei Vorfälle?

– Hören Sie, Inspektor: Ich wohne hier um die Ecke, das wissen Sie. Und vorhin hat es ziemlich gekracht. Taub bin ich nicht.

– Was issen da drin?

Dorst zeigte auf meine Sporttasche. Ich reichte sie ihm.

– Bitte schön.

Er öffnete den Reißverschluss und verzog angewidert das Gesicht.

– Du meine Güte! Tragen Sie ein Milchsäuredepot spazieren?

– Sportkleidung. Gerade komme ich von *Ben's Kraftstudio*.

– Zeugen?

– Mindestens ein Dutzend.

– Und heute früh, sagen wir: acht Uhr?

– Pasing. Maria-Eich-Straße. Habe eine Wohnung ausgeräumt. Die Tochter der verstorbenen Mieterin war dabei. Wollen Sie...?

Dorst winkte ab. Dann deutete er auf die Sporttasche.

– Machen Sie das Ding wieder zu.

Ich zog den Verschluss zu.

– Verletzte oder Tote?, fragte ich.

– Ein Toter. Feuerbestattung inklusive.

Dorst beobachtete mein Gesicht.

– Mario Spadolini, kennen Sie den?

– Na klar, erwiderte ich. Den kennt jeder im Viertel. Unser Padrone.

– Was meinen Sie damit?

Dorsts Ton hatte das Beiläufige verloren.

– Einen feinen italienischen Herrn meine ich damit. Sitzt meist im *Borsalino*. Gibt auch mal einen aus. Wenn er durch die Straße geht, zieht jeder den Hut und sagt artig: Guten Tag!

– Irgendwelche Auffälligkeiten?

– Hatte diesen gut gehenden Laden. Lederwaren, Kaschmir – nur das Beste. Mehr weiß ich nicht.

Dorst blickte auf seine aschebestäubten Fußspitzen.

– Was von Spadolini noch übrig ist, geht in eine Zigarrenkiste. Ein paar Plomben und Goldzähne, ein Kettchen, eine Gürtelschnalle. Und natürlich die Kugel aus dem Revolver, die ihn getötet hat. Der Rest ist Asche.

– Aber das kann doch nicht sein, dass das niemand gemerkt hat, wenn nebenan der Laden brennt.

– Das geht. Der Mörder kommt in den Laden, schießt ihn nieder. Er wirft die ganze Kollektion Kaschmir von der

Stange auf ihn, zündet den Haufen an und flüchtet. Vielleicht mit der Kasse. Der Brand kokelt und schwelt, frisst alles auf. Und warum nimmt niemand Notiz davon?

Ich zuckte die Achseln. Dorst deutete auf die Metzgerei nebenan. Direkt neben dem Laden war ein großer, mit Metalllamellen geschützter Ventilator angebracht, der schon morgens fette Rauchschwaden von Grillwammerl, Haxen, Brühpolnischen und Leberkäs aus dem Laden nach draußen blies.

– Es riecht dort immer nach verbranntem Fett und Fleisch, nur heute eben besonders penetrant. Erst als der Brand die hölzerne Ladentheke vorne erfasst hat und die Fensterscheiben zersprangen, wurde die Feuerwehr verständigt. So läuft das.

Im Hintergrund pfiff Bungert und fuchtelte mit den Armen.

– Komme gleich, rief Dorst nach hinten. Was ist mit Ihrer Nichte? Ist sie inzwischen aufgetaucht?

Ich schüttelte den Kopf.

– Aber ich weiß nun definitiv, dass die beiden vergewaltigt worden sind.

Wieder pfiff Bungert. Dorst wurde cholerisch.

– Bin ich ein Hund oder was? Ich komme sofort, habe ich gesagt. Ja?

Dorsts Gesicht wies rote Flecken auf.

– Also was?

– Vergewaltigt.

– Beweise?

– Fotos.

– Scheiße, sagte Dorst. Nichts haben Sie. Wir haben das Material doch auch geprüft. Sascha hatte außer der letalen Verletzung nichts an sich, was auf eine Vergewaltigung hingewiesen hätte. Keine Würgemale, keine blauen Flecken, kein Zeichen gewaltsamer Einwirkung. Nichts.

Ich merkte, wie es in mir zu brodeln begann.

– Ihre Nichte ist weg, okay. Wenn das in dem Porno erzwungen war, wäre doch der Versuch logischer, sich zu wehren und den Täter zur Rechenschaft zu ziehen, oder?

Dorst musterte mich mit mitleidigem Blick.

– Vielleicht müssen Sie sich einfach mit dem Gedanken vertraut machen, dass sie sich freiwillig auf das alles eingelassen hat.

Das war zu viel. Ich packte Dorst am Revers und schüttelte ihn.

– Schon mal was davon gehört, dass Abhängigkeit und Willfährigkeit nicht nur durch körperliche Gewalt entstehen?

Er maß mich mit großem Erstaunen. Dann wischte er meine Hände weg, als gelte es, Schuppen abzuklopfen. Schließlich stieg er mit der Sohle seines verdreckten Schuhs auf meine braunen Wildleder-Sneakers und drehte seinen Fuß hin und her. Dorst war jetzt ganz bleich vor kalter Wut.

– Das machen Sie nicht noch mal. So einem Arschloch wie Ihnen bringe ich auch noch Manieren bei. Bei nächster Gelegenheit.

Er drehte sich abrupt um und ging zu Bungert. Mir stieg sofort alles Blut in den Schädel und produzierte dort oben Verhältnisse wie in einem Dampfdrucktopf.

21

Einen Stein vor mir her kickend ging ich die Straße hinunter. Als ich vor einem Friseurladen stehen blieb und ins Schaufenster blickte, guckte mich aus dem dort aufgehängten Spiegel ein alt gewordenes, böses Tier an, ein *Whooki*, jedenfalls etwas zwischen Schnauzer und Mensch. In meiner Broschüre zum Dalai-Lama-Personality-Test hieß es, man solle in solchen Krisensituationen auch alle bösen Gedanken zulassen, sie jedoch nicht bewerten. Sie dürften nur wie der Film einer Freakshow an einem interessierten, aber letztlich unbeteiligten Zuschauer vorüberziehen. Das bewirke eine innere Reinigung und verschaffe einem Ruhe.

Diese Kur half. Ich sagte nicht mal hoppla!, als Dorsts Kopf vor meine Füße rollte, und als sie den Rest vierteilten, kostete mich das nicht einmal ein Arschrunzeln. Er hatte sein Karma selbst verschuldet, und man soll solche Leute nicht noch tiefer in die Scheiße reiten, indem man sie mit Hass verfolgt. Schon nach kurzer Zeit war ich wieder geerdet und stellte fest, dass ich einen Riesenhunger hatte. Dieser Gedanke allerdings verlangte nach Taten. Halb drei Uhr! Wenn ich gleich zu Sabatino hinüberstiefelte, bekam ich noch etwas. Als ich vor dem Lokal stand, sah ich zu meiner Überraschung ein handgeschriebenes Schild hängen: *Chiuso*. Ich guckte nach drinnen und sah, dass Rita noch herumwerkelte. Ich klopfte gegen die Tür. Sabatino öffnete.

– Chiuso, sagte er.
– Ho capito. Ma perché?

Normalerweise goutierte Sabatino meine Italienischversuche mit großer Zustimmung. Heute verzog er keine Miene. Ich musterte ihn. Sein Gesicht war bleich. Er trug eine grüne Weste mit vielen Taschen und Schlaufen, darunter ein dunkelrotes Flanellhemd und eine braune Hose mit breitem Gürtel. So ähnlich sehen italienische Trapper aus, elegant und zugleich zweckmäßig gekleidet.

– Gehst du auf die Jagd oder was? In die Isarauen?

Er warf mir einen bösen Blick zu.

– Verschwinde, Gossec. Hier ist Krieg.

Dann ging er über den gepflasterten Parkplatz in Richtung auf den Ziegelbau, an dem das Transparent *Vierzehntägig Pferdemarkt* hing. Mit seinem merkwürdigen Auftritt wollte ich mich nicht zufrieden geben. Ich klopfte noch einmal energisch an die Tür. Der Vorhang wurde ein wenig beiseite geschoben, Rita guckte dahinter hervor. Sie schüttelte den Kopf und deutete auf das Schild. Jetzt wurde es mir zu bunt, ich haute gegen die Tür, dass die Scheibe schepperte. Sie sperrte auf.

– Was ist denn los bei euch, fragte ich.

Rita wirkte verängstigt. Mit ruckartigen Kopfbewegungen schaute sie hin und her, als vermute sie hinter jeder Ecke einen Verfolger.

– Hast du es nicht mitbekommen?

– Was denn?

– Mario, sagte sie. Sie haben ihn umgelegt.

– Klar. War ja nicht zu überhören. Aber was hat das mit euch zu tun?

– Ihm gehört doch der Laden hier. Ich dachte, du weißt das.

Ich schüttelte den Kopf. Rita schob mich aus dem Lokal.

– Geh jetzt. Man ist ja nicht mehr sicher hier.

Ich hatte mir noch nie Rechenschaft darüber abgelegt, wie sehr ich hier im Schlachthofviertel in ein offenbar fein gesponnenes Netz von Beziehungen eingewoben war. Ich stellte den Fuß in die Tür.

– Und wohin ist Sabatino?

Rita deutete mit dem Kinn auf den Ziegelbau. Dann nuschelte sie nur noch. Wohl aus Sicherheitsgründen.

– Sie sitzen zusammen und besprechen die Lage.

Endlich hatte Rita es geschafft, meinen Fuß aus dem Türspalt zu drücken. Sie schloss von innen ab und winkte mir. Dann zog sie den Vorhang vor. Ich schaute zu dem Ziegelbau hinüber, dort oben saß eine italienische Runde bei ihrer Trauerarbeit. Seltsam war diese stille, trotzige Entschlossenheit, die Sabatino an den Tag gelegt hatte. Normal ist bei ihm das Herumschreien, das für unsereinen wie Gezänk klingt. Tatsächlich weiß er sich mit dem vermeintlichen Kontrahenten einig, man will sich nur gegenseitig in der Aufführung von Emotionen überbieten. Sabatino und sein Koch Giovanni schreien oft wie Jochgeier. Man denkt an Mord und Totschlag oder wenigstens einen Rauswurf. Dabei geht es dann doch nur darum, wo über der Theke eine Ferrarifahne am effektvollsten angenagelt werden könnte.

Ein *Tedesco* wie ich würde sich wahrscheinlich deutlich besser fühlen, wenn er auch ab und zu mehr aus sich herausgehen könnte. Aber man war eben in seinen nordischen Panzer eingeschweißt. Diese und ähnliche Gedanken trieben mich ins Wirtshaus am Schlachthof, wo ich mir Wiener mit

Kartoffelsalat bestellte, ein Gericht, das zu unserem Menschenschlag passt. Man hat ja auch seinen Stolz und will sich nicht mit bayerischen *Bolognese* anbiedern.

22

Als ich zu meinem Laden zurückkam, sah ich ein Mädchen auf der Eingangsschwelle sitzen. Mit dem Rücken lehnte sie am Türstock, die Beine hatte sie gegenüber aufgestützt. Da sie sich die Kopfhörer ihres Players in die Ohren gestöpselt hatte, bemerkte sie mich nicht. Der Refrain des Songs war besonders mitreißend. Beim Versuch mitzusingen, jaulte sie wie ein junger Hund. Sie mochte vielleicht zwölf sein, aber so, wie sie zurecht gemacht war, war sie bereits aufgeklärt und hatte auch schon die Pferdephase hinter sich. Sie trug eine weiße Trainingshose mit rosa Seitenstreifen und ein ebenso rosafarbenes, kurzes Top, das man bei entsprechender Füllung BH genannt hätte. Um den Hals hatte sie sich bunte Ketten gehängt. Sie war stark geschminkt, und ihr blondiertes Haar war girliemäßig seitlich versetzt oben zum Schwanz gebunden.

– Hallo, bist du Gossec?

Sie zog sich beide Stöpsel heraus.

– Ja. Und wer bist du?

– Friederike.

Dieser Name war eine echte Überraschung.

– Tatsächlich?

Sie wurde ganz verlegen.

- Na ja, eigentlich Ricki.
- Also, was gibt's, Ricki?

Dann schnurrte sie eine Nachricht herunter, die so klang, als spiele man seinen Anrufbeantworter im Schnelldurchgang ab.

- Carmello schickt mich. Sie haben ihn geschnappt. Die von der *Oase*. Du musst ihn rausholen. Jetzt gleich. Sonst isses zu spät. Okay?

Ich sperrte den Laden auf.

- So, Ricki, jetzt gehen wir mal rein, und du erzählst mir das Ganze schön langsam noch mal von vorn in der Giga-Langfassung.

Ricki machte einen erschrockenen Sprung zur Seite. Unschlüssig stand sie da.

- Was zu trinken gibt es auch.

Zögerlich trat sie ein.

- Was denn?
- Eistee, sagte ich. Pfirsich oder Mango.
- Okay, ich nehm Mango.

Ich platzierte sie auf meiner Ottomane, die ich als Jugendstil-Möbel unter die Leute zu bringen versuchte. In der Küche machte ich den Tee zurecht.

- Es gäbe noch Geleebananen!
- Hä?

Beinahe hätte ich sie verprellt. Geleebananen gehören wie Dominosteine und Waschlappen zu den Köstlichkeiten, die bei der Jugend ihre beherrschende Stellung im Warenkorb der Süßigkeiten eingebüßt haben. Nur die Gummibären haben sich behauptet.

– Vielleicht Prinzenkeks?
– Na gut.

Ich stellte ein Tablett vor sie hin.

– Wann und wo bist du Carmello begegnet, und woher weißt du, dass ich ihn kenne?

– Weil er's gesagt hat.

Es war zum Verzweifeln. Ricki war der geordneten Berichtsform nicht mächtig. Man musste ihr Stück für Stück, Frage für Frage den Sachverhalt aus der Nase ziehen, der sich, wenn man ihr glauben durfte, ungefähr so darstellte: Sie war heute früh mit ihrer Mutter im *Wal Mart* einkaufen gegangen. Weil sie ihrer Mutter und die ihr unheimlich auf den Nerv gegangen war, machte sie sich selbstständig. Eigentlich nur um zu pinkeln. Dann aber war sie ein wenig vom Gelände abgekommen und bei der *Oase* gelandet. Ein schickes Lokal, das man bei ihnen in Milbertshofen gut kennen würde. Also lief sie ein paar Mal drumherum, ob es was zu sehen gäbe, bis von unten her aus einem vergitterten Keller Carmello heraufrief.

– Und das, sagte Ricki mit einer Geste der Verzweiflung, habe ich dir haarklein gesagt: Carmello schickt mich. Sie haben ihn geschnappt. Die von der *Oase*. Du musst ihn rausholen. Jetzt gleich. Sonst isses zu spät. Und mehr ist nicht. Okay?

– Und das ist alles?
– Fast.

Ricki druckste herum.

– Sag schon.

– Er meinte, du würdest dich für die Information sicher

irgendwie erkenntlich zeigen. Ich bin extra hierher gekommen und so.

Auf eine für mich nicht nachvollziehbare Weise hatte ich offenbar etwas an mir, das solchen halbwüchsigen Maden das Gefühl gab, bei mir sei etwas zu holen. Das Onkelgen! Ich öffnete die Ladenkasse, aber dort befand sich nicht mal mehr ein Knopf. Also führte ich sie zu dem Glaskasten, in dem Wappen und Abzeichen auf roten Samt gesteckt waren.

– Such dir was aus.

Sie entschied sich für ein Eisernes Kreuz Klasse I und ein Medaillon mit Atomgegnerzeichen. Das ist meine Rede schon immer: Die Jugend ist politisch indifferent. Dann schickte ich sie nach Hause. Ich klemmte mir wieder den Totschläger in den Hosenbund, steckte noch ein Klappmesser ein und setzte mich in meinen Bus, um Richtung Euroindustriepark aufzubrechen.

23

Der durchschnittliche mitteleuropäische Prolet lacht sich einen Ast, wenn er eine weiß geschminkte Japanerin im Kimono auf hohen Schuhen mit Trippelschrittchen so rasch wie ein Uhrwerk in ihrer Schiebetürhütte von einem Ende zum anderen huschen sieht, um zum Beispiel den Futon aufzurollen. Wenn man sich klar machte, wie bescheuert eine durchschnittliche mitteleuropäische Nutte aussieht, würde man sich da doch mehr am Riemen reißen. Ich hatte meinen

Bus sicherheitshalber beim *Wal Mart* geparkt und ging das letzte Stück zur *Oase* zu Fuß. Da begegnete ich ihr, die in der Rubrik *Sonstige Kontakte* wahrscheinlich mit dem Zusatz *reif* inserierte. Ihren früher vermutlich aggressiveren Schick hatte sie ins Cremefarbene ausbleichen lassen. Sie trug hochhackige Schuhe und trotz der Hitze eine Jacke in zartem Käsekuchengelb, deren weiter Kragen hochgeklappt war. Er blieb aber nur aufrecht stehen, weil sie ihn mit über der Brust verschränkten Armen ständig hochhielt. Man ging eben gern mal als Königin, selbst wenn man nur ein Mopshündchen mit rosa Schleifchen um den Block schleifte.

– Servus, ich bin die Gisela. Gibst du einen aus?

Sie lächelte mich an. Die ganze Zeit hatte ich mir überlegt, wie ich wohl am unauffälligsten in die *Oase* käme. Diese Frage war nun beantwortet.

– Klar.

Gisela schwankte neben mir auf ihren hohen Stöckeln, als gehe sie auf Stelzen. Sogar ein Kind hätte sie mühelos umwerfen können, zumal der Rock, der sich wie eine Fessel um ihre Oberschenkel legte, mehr als eine Nummer zu eng war. Selbst John Wayne hätte sich derart verschnürt wie beim Sackhüpfen fortbewegt. Es war eine große Leistung von Gisela, sich in so unzweckmäßiger, ja behindernder Kleidung durch die Hitze zu schlagen. Warum, dachte ich, trägt die doofe Kuh eigentlich keine Hose und bequeme Schuhe? Als habe sie meine Gedanken erraten, guckte sie mich mit treuherzigem Dackelblick an und bat um meinen Arm. Sie war ja so hilflos.

Vor dem Eingang der *Oase* hatte sich ein vierschrötiger

Türsteher aufgebaut. Eine paramilitärische Type in schwarzen Springerstiefeln und einem eng anliegenden olivgrünen T-Shirt, durch das sich zwei Brustwarzen wie Holzdübel abzeichneten. Aber im Geschwader mit Gisela hatte ich kein Problem.

– Servus Benni, sagte sie und drückte auf eine seiner Warzen wie auf einen Klingelknopf.

– Lass den Schmarren, raunzte Benni und wischte ihre Hand weg.

So souverän betraten wir zu dritt das Vergnügungscenter, Fritzi das Möpschen vorneweg. Drinnen legte Gisela ihre Jacke ab. Sie trug ein knapp sitzendes Lastexhemdchen darunter, leopardgemustert, aber ins Hellblaue abgedimmt. Vielleicht ist das eines der letzten großen Welträtsel, warum die Männer, die hier ein und aus gehen und die doch zum überwiegenden Teil so praktisch veranlagt sind, dass sie zumindest Nut- und Federbretter zusammennageln können, einer solchen Frau nicht den gutgemeinten Hinweis geben: Schätzchen, dein Rock ist zu knapp, und cremefarbene Leos wirken ziemlich billig. Aber vielleicht löst sich dieses Rätsel genau andersherum: Das Behinderte und Billige ist der Kern der Sache. Der Mann steht am Tresen, sein Verstand ist pilsbenebelt. In diesem Zustand entwickelt er eine basale, füchsische Schläue und denkt: So eine unbedarfte Person kriege ich doch leicht herum. Wäre doch gelacht, wenn ich dieses dumme Weib nicht für ein paar Euro flach legen könnte. Und die Frauen registrieren das, haben sogar Antennen dafür, wenn sie einer von hinten anstarrt, und gehen zum Schein darauf ein. Aber spätestens, wenn Geld auf den Tisch des

Hauses gelegt werden muss, merken die Schlauberger, dass sie sich geschnitten haben. Aber dann ist es zu spät, und sie sind so gut wie draußen.

Gisela bat mich um Feuer, ich sie um eine Zigarette. Sie beugte sich über den Tisch, und ihr Parfüm schwallte mich an. Ich hatte im Moment nicht die geringste Ahnung, wie ich es anstellen sollte, Carmello zu finden und ihn rauszuholen, ganz abgesehen davon, dass meine Mission damit nicht beendet war und ich ja sonst noch einiges herausbekommen wollte. Im Wirtshausdeutsch gesagt, blieb mir nichts anderes übrig, als die Lage zu kontrollieren und vor mich hin zu starren.

Im Moment mochte vielleicht ein Dutzend Personen im Raum sein, fast so viele Männer wie Frauen. Meine Fraktion gab hier ein ziemlich schlechtes Bild ab. Die Tür ging auf, und ein Taxifahrer schob einen rotgesichtigen, grinsenden Bauern herein, der offenbar schon einiges getankt hatte. Dann ging der Fahrer zur Theke und deutete mit dem Finger auf den ungeschlachten Lodenkerl.

– Der ist von mir.

Die Bardame gab ihm einen Zehneuroschein. Der Bauer, der es irgendwie geschafft haben musste, seine Frau abzuhängen, setzte sich nach hinten in die Ecke, von wo er einen guten Überblick hatte. Er schob seinen Filzhut in den Nacken und machte die Beine breit, um sich bequemer auf den Oberschenkeln abstützen zu können. Die gebotene Auswahl schien ihm Freude zu bereiten, nacheinander visitierte er die Frauen. Eine, die an der Theke stand, starrte er an, dass man das Gefühl hatte, er würde sie mit den Händen abtasten.

Das sind solche Situationen, wo auch der ethnologisch ungebildete Mensch sofort versteht, warum Amazonas-Indianer, die ansonsten nackt sind, wenigstens einen Köcher vor den Penis geschnallt haben. Der Filzhut taxierte sein Gegenüber und ging im Kopf seine Checkliste durch: Gesicht? Doof. – Brust? Eins A. – Bauch? Passt schon. – Becken? Kannst vergessen. – Arsch? Super!

Schlimmer noch war der *Ripper*-Typ am Tisch nebenan, der die Frau geradezu filettierte. Sein Blick kam von unten herauf wie bei Hunden, er war mit einem Lauern verbunden, mit einem stillen, irgendwie gefährlichen Schmachten, weil man spürte, dass es durch eine heftige Aggressivität abgelöst werden konnte. Bei ihm war schon im Ruhezustand alles feucht: Augen, Mund und der Schwanz in der Hose.

Hinter ihm saß ein dicker Simpel in einer braunen Cordhose mit eng geschnalltem Riemen, der seinen Bauch zweiteilte. Weit vorne auf der Nase hatte er eine Lesebrille mit halben Gläsern und studierte die Getränkekarte. Viel gab es ja nicht, nur Rot- und Weißwein, Sekt als Piccolo oder größer und Bier. Trotz der leichten Lektüre machte er einen angestrengten Eindruck und schob seinen Zungenwulst von einem Mundwinkel in den anderen. Endlich kam die Bardame im kurzen Röckchen und mit weit ausgeschnittenem Top. Immer noch mit dem Zungenwulst zwischen den Lippen, scannte er sie in drei Tranchen: Zuerst das Gesicht, dann Brust und Oberkörper, schließlich den Unterleib. Das Ergebnis fiel ziemlich gut aus, denn er setzte ein Lächeln auf und versuchte, mit ihr Kontakt aufzunehmen.

– Hallo, sagte Gisela, ich bin auch noch da.

– Noch ein Pils, fragte ich.
– Was ist mit uns zwei? Gehst mit rauf?
– Nein.

Herumzuschwafeln hatte keinen Sinn. Eine wie Gisela ließ sich nicht lange hinhalten.

– Kannst du nicht, oder willst du nicht?
– Bist doch nicht mein Typ, okay?

Gisela stand abrupt auf. Da wurde nicht lange gefackelt, wenn kein Geschäft ging, ging eben keines. Kontakt abgebrochen. Länger alleine dazusitzen, war gefährlich. Aber die Bardame führte Regie und schickte eine ziemlich junge, blonde Frau an meinen Tisch, die sich abseits von allen an die Theke gesetzt hatte.

– Darf ich, fragte sie.
– Bitte!

Ihr Deutsch war gebrochen.

– Woher kommst du?

Sie zuckte die Achseln.

– Von irgendwo aus Russland.
– Dein Name?
– Olga.

Olga trug ein kurzes schwarzes Kleidchen. Ihre langen Beine waren ohne Strümpfe. Seltsam waren nur ihre Augen. Ihr Blick schien verschleiert. Von nebenan hörte ich eine bullernde Stimme. Die Tür wurde aufgerissen. In der Füllung stand das dicke Vieh mit der Bierwampe, mit dem ich hier aneinander geraten war. Schöne Scheiße!

24

Der Dicke verschaffte sich einen Überblick, wie das Geschäft lief. Ich drehte mich von ihm weg, so dass ich ihm den Rücken zukehrte. Außerdem machte ich den Buckel krumm und zog den Kopf ein. Das fühlte sich verdammt beschissen an, so als ob mir jemand von hinten Löcher ins Hemd kokeln würde.

– Was macht er denn, fragte ich.
– Rattelhuber? Er prüft die Bons.

Olga flüsterte nur noch. In ihren Augen glaubte ich Panik zu erkennen. Ihr Blick wurde unstet. Sie wusste, dass sie nun sichtbare Aktivitäten zur Umsatzsteigerung an den Tag zu legen hatte.

– Möchtest du bitte noch etwas zu trinken?

Ich schüttelte den Kopf, womöglich servierte Rattelhuber persönlich das Getränk. Dann war ich geliefert. Aber so war ich auf meinem Stuhl festgenagelt und bekam noch nicht einmal mit, was diese brutale Sau hinter meinem Rücken anstellte. Womöglich angelte er sich bereits die Knarre aus dem Blechschrank. Diesmal geladen. In dieser misslichen Situation betrat zum Glück ein Neuankömmling die *Oase*. Weiße Hose, weiße Schuhe, dazu eine Art Buschhemd, so knallebunt, wie es auf dieser Welt nur noch cocktailshakende Schwarze in der Palmenbar auf den Bahamas tragen. Gott sei Dank! Von wem sollte die Rettung denn kommen, wenn nicht von einem Arzt?

– Kennst du den, wollte Olga wissen, die meine Blicke zu deuten versuchte.

- Den Arzt? Nie gesehen.
- Woher weißt du dann ...?
- Dass er Arzt ist? Ärzte tragen Weiß. So erkennt sie jeder. Helferinnen, Krankenschwestern und Patienten wissen sofort, wen sie vor sich haben und wem sie zu Willen sein müssen. Und weil das in der Arbeit wie am Schnürchen klappt, tragen Ärzte auch privat gern Weiß, damit ihnen auch andere zu Willen sind. Nur, je älter sie werden, desto mehr geht ihnen das öde Weiß auf die Nerven. Also schließen sie einen Kompromiss und bleiben im Prinzip weiß gekleidet, das heißt bei den Hosen und Schuhen, kombinieren das aber mit bunten Hemden. Die Gier nach Farbe ist so groß, dass ihre Hemden immer bunter und geschmackloser werden. Nach ungefähr zwanzig Berufsjahren sehen sie dann wie Medizinmänner eines Hippiestamms aus.

Olga lächelte. Der Doktor fuhr sich durchs graue Haar und tastete nach der Brusttasche. Wahrscheinlich hatte er dort mit einem Clip die Scheine zusammengeheftet, die er nun verjubeln würde. Er gab sich einen Ruck und steuerte auf die Theke zu. Die Gelegenheit war günstig, die beiden hinter der Bar würden abgelenkt sein.

- Lass uns hochgehen zu dir, sagte ich zu Olga.

Erstaunt, fast ein wenig enttäuscht sah sie mich an. Dann stand sie auf, und ich ging dicht hinter ihr her.

25

Olgas Zimmer war durch nach oben gerichtete Strahler an den Wänden in ein gnädiges Halbdunkel getaucht. Die Einrichtung war spärlich: Bett, ein Plüschsessel, Tisch und Stuhl sowie eine Waschgelegenheit. Mit lila Tüll hatte man versucht, eine romantische Jungmädchenatmosphäre hinzudekorieren. An den Wänden waren Stoffdrapierungen angebracht und mit silbrigen Ketten behängt, so als gäbe es hier einige mit Tüllstores umwölkte Fensterchen, durch die man wohl denen da draußen mitteilen sollte, wie schön es hier drinnen ist. Über dem Bett, das mit einem ebenfalls lila Spanntuch bezogen war, hatte man einen besonders ausladenden Stoffbausch befestigt. Am Kopfende lag ein in die Jahre gekommener, schon etwas räudiger *Pink Panther*.

Ich war in Umstände geraten, in denen ich dauernd eins übergebügelt bekam und von einem Ort zum anderen getrieben wurde, ohne dieser üblen Geschichte auf den Grund gehen, ohne die Sache in den Griff bekommen, sogar ohne die Drahtzieher windelweich prügeln zu können. Man hatte das Ruder abgegeben und schlingerte herum. Logischerweise verliert man zwischendurch jede Ahnung davon, warum man sich diesen Spießrutenlauf überhaupt antut. Aber in diesem Dahingedumpfe gibt es immer wieder lichte Momente, die einem alles klar machen. Hier drinnen in diesem Zimmer mit der scheußlichen Billigdeko, wo sogar ein Elvissong im Arrangement der Schlumpfstimmen gespielt wurde und der Kunde romantisch animiert seinen Schwanz auspackt, um es einer ganz Jungen zu besorgen, hatte ich keine Fragen mehr, weil ich von der Vorstellung gepeinigt war, dass Pia ebenfalls in solchen Verhältnissen steckte. Antworten hatte ich natürlich trotzdem keine, aber der saumäßige Hass, der in mir hochkam, ließ meinen energetischen Pegel derart hochschnalzen, dass es in meinem Hinterkopf einen Schlag tat, als hätte ich den Holzhammer erfolgreich auf den Lukas gewuchtet. In diesem Zustand war man nicht auf Erkenntnis, sondern auf Aktion aus. Allerdings hatte ich nicht mit Olga gerechnet.

Olga hatte ihre Schuhe und ihr Kleid abgelegt und stand in geblümter Mädchenunterwäsche vor mir.

– Zieh dich an, Mädchen, sagte ich barscher als ich wollte.

Olga schaute hilfeheischend im Zimmer umher. Damit hatte sie nicht gerechnet. Vielleicht gab es irgendwo einen Knopf, der einen Schläger wie Rattelhuber aufs Zimmer stürmen ließ. Oder sie würde zu schreien beginnen. Jedenfalls sah sie aus wie eine, die vor einer Kurzschlussreaktion stand. Also griff ich meine Tasche, zog einen meiner letzten Scheine heraus und gab ihn ihr.

– Ausfallhonorar. Ich will das nicht, ich habe hier was anderes zu erledigen.

Olga nahm den Schein und verstaute ihn in der Schublade ihres Nachttischs. Dann schlüpfte sie wieder in ihr Kleid, setzte sich aufs Bett und holte ihren Pink Panther auf den Schoß. Ich zog ein Bild von Pia aus der Tasche.

– Kennst du die?

Olga schaute zunehmend bewegt auf das Foto. Es war eines der Bilder, die im Netz gestanden waren. Mit feuchten Augen schüttelte Olga den Kopf. Dann legte ich ihr ein Bild vor, auf dem der Mann mit dem tätowierten Schwanz zu erkennen war.

– Und den hier? Weißt du, wer das ist? Boris vielleicht?

– Boris Zakow? Wirklich, ich weiß das nicht. So kann ich das nicht beurteilen.

– Letzter Versuch, sagte ich.

Diesmal war Sascha darauf zu sehen. Das Totenbild.

– Oh mein Gott, sie haben sie umgebracht.

Olga wurde von einem Krampf geschüttelt und warf sich aufs Bett. Sie weinte hemmungslos. Ich sprang auf, packte sie an den Schultern und schüttelte sie. Erschrocken fuhr sie hoch.

– Ist dir klar, was du anrichtest mit dem Geheule? In Kürze haben wir die ganze Meute auf dem Zimmer. Und dann bleibt es nicht bei einer Leiche. Tu mir den Gefallen und nimm dich zusammen.

Olga nickte. Sie stand auf und holte sich Taschentücher aus dem Schränkchen über dem Waschbecken. Sie befeuchtete eines und betupfte ihr eyelinerverschmiertes Gesicht. Sie schaute in den Spiegel und vermied es, mich anzugucken.

– Sascha war hier. Ist aber immer wieder abgehauen, wenn sie ein paar Euro in der Tasche hatte. Aber sie war ziemlich auf Drogen und brauchte viel. Damit hatten sie Sascha am Haken. Die musste ja wieder zurück und die übelsten Jobs hier machen.

Ich wollte das gar nicht so genau wissen. Was ein übler Job in diesem Gewerbe ist, war mir vollkommen klar.

– Aber Pia, ihre Freundin, hast du nicht gesehen?
– Bestimmt nicht. Ist sie deine Tochter?
– Nichte.
– Aber du weißt, dass sie ihnen in die Hände gefallen ist.
– Du hast das Bild doch gesehen. Wie läuft das denn?
– Was?
– Das Anwerben.

Olga brach wieder in Tränen aus, heftiger als vorher. Ich legte meinen Arm um sie. Sie fiel mir um den Hals und heulte an meiner Brust. Klar war das laut, aber da war nun wirklich nichts zu machen. Ich tätschelte ihren Rücken, denn ein wenig Trost und Zuneigung können wir doch alle gut gebrauchen. Nach einer Weile löste sie sich von mir. Sie besah sich im Spiegel. Mit Taschentüchern war es diesmal nicht getan. Olga wusch sich das Gesicht und trocknete sich mit einem Handtuch ab. Ihre Augen waren rot geweint und ihr Gesicht rot gerubbelt. Ungeschminkt sah sie wie ein kleines Mädchen aus.

– Ein Problem gibt es immer. Oder sie hängen dir eines an. Bei mir war es so, dass ich in Deutschland arbeiten wollte. Zwei Jahre vielleicht, weil wir ziemlich dringend Geld brauchten. Du wirst von einer Agentur angeworben, unterschreibst Verträge und hast dann schon jede Menge Schulden. Für Fahrt, Visum, Vermittlung – was weiß ich noch alles. Irgendwo an der Grenze weitab von zu Hause wirst du dann erst mal festgehalten und auf deinen Job vorbereitet. Sie schlagen dich, vergewaltigen dich, sperren dich ein. Sie drohen dir, dass sie dich daheim als Nutte anschwärzen. Oder deinen Eltern was antun. Nach zwei, drei Wochen bist du dann so weit.

– Und warum verschwindest du hier nicht einfach?

Olga guckte mich mit großen Augen an.

– Ich habe kein Geld, keinen Pass, kein Visum. Zum Anziehen nur das, was ich am Leib trage.

– Trotzdem, das kann doch nicht sein, dass du dich hier einsperren lässt.

– In zwei Monaten habe ich meine Schulden abgearbeitet...

Wahnsinn! Wie konnte sie nur annehmen, dass die sie einfach ungeschoren gehen lassen würden. Um dann beim nächsten Revier auszupacken.

– Das glaubst du doch nicht im Ernst?

Olga stand da. Ein einziges Häufchen Elend. In ihrem Gesicht zuckte es bereits wieder.

– Was soll ich denn tun? Was soll ich denn bitte nur tun?

Die Antwort erübrigte sich. Denn plötzlich ging alles sehr schnell. Krachend wurde die Tür aufgetreten. Rattelhuber brach ins Zimmer herein. Die Knarre hatte er schon im Anschlag. Hinter ihm stand ein kleinwüchsiger, aber bulliger Kerl mit den Idealmaßen eines Panzerschranks, der mit einem Schlagring bewaffnet war. Seine Statur erinnerte mich an den tätowierten Schwanzträger aus dem Porno.

26

Olga schrie auf und versteckte sich hinter dem Bett. Rattelhuber beachtete sie gar nicht.

– Habe ich mir doch gedacht, dass das Geflenne hier

drinnen nicht normal ist. Schleicht sich diese hinterfotzige Drecksau noch einmal ein.

Von Olga war nur ein leises Wimmern zu hören.

– Filz ihn, wies Rattelhuber seinen vierschrötigen Zwerg an.

Er trat an mich heran und tastete mich ab. Triumphierend zog er meinen Totschläger aus dem Hosenbund.

– Her damit, sagte Rattelhuber.

Rattelhuber besah das Teil und wog es in seiner Hand.

– Sauber.

Dann kam er näher.

– Schulden begleichen, Bürscherl. Eine Spiegelwand: elfhundert Euro!

Er fasste den Totschläger oben an, wahrscheinlich wollte er meinen Schädel nicht gleich auf Anhieb zertrümmern.

– Darüber unterhalten wir uns noch.

Da holte er aus und zog mir mit dem Griff des Totschlägers eine über. Mitten in das Gesicht. Ich spürte einen brennend schmerzhaften Striemen sich aufwölben. Blut sickerte herunter, Augenbrauen und Lippen waren aufgeplatzt. Mein linkes Lid schwoll zu, aber auch mit nur einem Auge besehen verlor Rattelhubers Fresse nichts von ihrer abstoßenden Hässlichkeit.

– Vorwärts, sagte er.

Sie stießen mich den Gang entlang und dann eine Treppe hinunter in den Keller. Dort schafften sie mich in ein vergittertes Zimmer, eine Mischung aus Aufenthaltsraum und Magazin. Rattelhuber wies auf einen Stuhl.

– So, jetzt unterhalten wir uns in aller Ruhe. Und wenn

du versuchst, mir einen Bären aufzubinden, gibt es Schläge, klar?

Eine Antwort erübrigte sich. Denn wieder ging alles sehr schnell. Oben wurde es laut, ein Tumult hob an.

– Die Italiener, schrie eine Frauenstimme von oben.

Rattelhuber und der Zwerg schossen von ihren Stühlen hoch. Rattelhuber besann sich noch einen Moment.

– Bind ihn an den Stuhl, befahl er dem Zwerg.

Mit einem Riemen fesselten sie mich an den Stuhl, dann liefen sie hinaus, nicht ohne die Tür von außen zuzusperren. Von draußen war Geschrei zu hören, Glas zersprang und Schüsse krachten. Das ging eine Weile hin und her, schließlich war alles wieder ruhig.

27

Vor einigen Minuten hätte ich noch schreien mögen, jetzt ging es mir schlagartig besser. Nicht nur, weil die beiden draußen waren und mir damit einiges, vorläufig zumindest, erspart blieb. Nein, auch sonst. Die große Kunst im Leben ist, sich sofort wieder aufzurappeln. Ich weiß, dass es von Frauen heißt, sie vertrügen mehr Schmerzen als Männer. Wegen der gynäkologischen Prozesse, Risiken und so. Dass die Männer im Prinzip wehleidiger sind, mag ja sein. Für mich gilt das aber nicht. Ich bin Schmerzen gewöhnt. Bei der Wahrscheinlichkeit, mich zu verletzen oder eins auf die Rübe zu bekommen, erreiche ich locker einen Spitzenwert. Ich bin einer der

Fälle, die in jeder Statistik eliminiert werden, weil solche Ausreißer die Aussage über die Mittellage verfälschen. Wenn einer irgendwo in Kleinhadern beschließt, dem Nächstbesten eine Ohrfeige zu verpassen, dann sorgt das Schicksal dafür, dass ich ihm rechtzeitig über den Weg laufe.

Neulich ging ich bei Grün über die Lindwurmstraße Richtung Theresienwiese. Der Fahrer eines BMW trat so spät in die Eisen, dass mich die Stoßstange seiner Luxuskarosse touchierte. Freundlich, so wie man an eine Tür klopft, pochte ich auf seinen Kühler. Postwendend sprang ein türstehergroßer Kerl mit glatt rasiertem Schädel und Brilli im Ohr aus dem Wagen, um eine Schlägerei zu beginnen. Ich hätte in seinen Wagen eine Delle geschlagen. Natürlich habe ich inzwischen gelernt, mich zur Wehr zu setzen, oder besser noch: dem anderen zuvorzukommen. Man ist, Karma hin oder her, nicht auf der Welt, um sich die Hucke vollhauen zu lassen. Diese simple Erkenntnis aber musste ich erst in meinen Schädel kriegen.

Früher war das anders, da war ich verblüfft oder erschrocken. Einmal, ich lebte damals noch mit Iris zusammen, brach ich auf, um Milch für die Kleine zu holen. Zweieinhalb Stunden später erhielt Iris einen Anruf aus dem Präsidium, dass ich wegen versuchten Bankraubs in U-Haft saß. Genau genommen war Iris daran schuld.

– Nimm die Vorhangstange mit, hatte sie gerufen.

Von einer schmiedeeisernen Vorhangstange war eine Rosette abgebrochen. Die musste zum Schlosser. Also packte ich das Ding und ging los. Vor dem Milchgeschäft merkte ich, dass ich kein Geld eingesteckt hatte. Kein Problem, dachte ich, gegenüber hatte eine Bank mit EC-Automat neu eröffnet. Kurz mal Geld ziehen! Ich steckte meine Karte in den Schlitz, gab meine Geheimzahl und den Betrag ein. Ich wartete. *Vorgang abgebrochen!*, meldete der Apparat. Pech, dachte ich, nun muss ich doch noch mal nach Hause, um Geld zu holen. Doch der Automat hatte meine Karte verschluckt. Durch den Schlitz hindurch konnte man sehen, wie der Automat meine Karte umklammert hielt. Derselbe Effekt wie bei den Sparbüchsen früher: Hinein glitt alles wie ein Messer durch Butter. Wenn aber die Metallzähne des Einwurfschlitzes auch nur den Rand eines Geldstücks zu fassen bekommen hatten, ging nichts mehr rückwärts. Es war, als hätte sich ein Hai mit seinem Mördermaul in ein Opfer verbissen. Auch mit dem Hammer war nichts zu machen. Diese Geldbunker waren völlig unempfindlich. Wenn man nicht schon schlechte Erfahrungen gemacht hätte, hätte man ja souveräner reagiert. Aber so kam mir sofort die Wut hoch, ich schlug, klopfte und trat gegen den Automaten. Dann sah ich, dass innen in einem Büro der Bank noch Licht war. Ich ging zur Glastüre, pochte, rüttelte und schrie. Weil mir als Kunde Unrecht widerfahren war. Und jetzt sah ich, wie sich ganz hinten an der Theke langsam ein Kopf hob und vorsichtig über die Tischplatte lugte. Ein Blick wie durch eine Schießscharte nach draußen. Eine Frau. Was sah sie? Einen Mann in Lederjacke mit einer Eisenstange und einer Einkaufstasche in der Hand, der sich gewalttätig Einlass in die Bank zu verschaffen suchte. Kurze Zeit später führten sie mich ab.

So wird man hart, auch als Mann, und legt jede Wehleidigkeit ab.

Der Zwerg hatte mich zwar gefilzt und meinen Totschläger kassiert, das Messer hatte er jedoch nicht gefunden. Ich hatte es in meinen Gürtel geschoben, einen Geldgürtel, der mit einem Reißverschluss zu öffnen war. In der Eile hatte mich der Zwerg so nachlässig verschnürt, dass ich in der Lage war, den Gürtel herumzuziehen, um an das Messer zu kommen. Kurze Zeit später hatte ich mich losgeschnitten und sah mich in dem Magazin um. Ganz hinten war eine weitere Tür, und ich hatte den Eindruck, dass da ein Scharren am Holz war, als bettle ein Hund darum, eingelassen zu werden. Ich öffnete die Tür und hörte ein ersticktes Stöhnen. Jemand wälzte sich auf dem Boden, um auf sich aufmerksam zu machen. Es war Carmello, verschnürt wie ein Rollbraten. Dazu hatten sie ihm mit einem Klebeband einen Knebel verpasst. An seinem Kopf hatte er eine blutige Kruste, den Verband hatte er verloren. Ich band ihn los.

– Ruhig. Keinen Laut.

Ich half ihm auf und bedeutete ihm, mir zu folgen. Er machte Anstalten dazu, torkelte jedoch wie ein Betrunkener und fiel wieder zu Boden. Wahrscheinlich waren seine Beine durch die lange Abschnürung noch ganz taub. Ich packte ihn und setzte ihn drüben auf einen Stuhl. Ein wenig Zeit musste ich ihm noch geben, damit das Blut wieder zirkulierte.

Ich schaute mich in dem Magazin um. Unten neben Gläsern und leeren Flaschen stand eine große Werkzeugkiste. Da ich Ausschau nach einem Instrument hielt, mit dem ich mich verteidigen konnte, öffnete ich sie. Ein an und für sich friedlicher Mensch wie ich, der den Kriegsdienst verweigert hat, sollte sich einem solchen Ding gegenüber, das vor mir lag, spröde zeigen. In meiner Lage jedoch gewann ich die Kalaschnikow sofort lieb. Sie war in ein öliges Tuch eingewickelt. Daneben, sauber in Schachteln verpackt, lagen Patronenmagazine. Und Werkzeug gab es auch noch. *Na sdorowje* – nun waren wir gerüstet.

Carmello massierte mit schmerzverzerrter Miene seine Beine.

– Schaffst du es, fragte ich.

Er stand auf, machte eine mühsame Kniebeuge und nickte.

– Los dann!

Ich hebelte die Tür mit einem Stemmeisen auf, das ich in der Kiste gefunden hatte, und wir gingen vorsichtig den Gang hinunter bis zur Treppe. Oben war alles verdächtig ruhig.

28

Auch im Treppenhaus brannte kein Licht. Die *Oase* mutete wie ein verlassenes Haus an. Ich sagte Carmello, der unsicher hinter mir her taperte, er solle sich an meinem Gürtel festhalten. Wie eine Elefantenmutter ihr Junges geleitete ich ihn hoch. Ich lauschte an der Tür zur Bar, kein Musik, kein Gläserklirren, keine Unterhaltung. Carmello mit in den ersten Stock zu nehmen, schien mir zu gefährlich. Ich überlegte kurz und entschied mich für das Nächstliegende.

– Du bleibst hier und sperrst dich da ein, bis ich dich raushole, klar?

Ich zeigte auf die Toilette. Carmello schüttelte den Kopf.

Diese Faxen hatte ich nun satt. Ich holte aus, als wollte ich ihm den Kolben der Kalaschnikow in die Rippen hauen. Carmello verschwand, so schnell er konnte, in der Toilette.

Leise, Schritt für Schritt, arbeitete ich mich hoch. Oben an der Tür war das obligatorische Schild *Privat, kein Zutritt!* Ich entsicherte mein Gewehr und drückte die Klinke mit dem Ellenbogen auf. Ich stand im Vorzimmer eines Büros. Alles machte hier einen guten Eindruck, tipptopp aufgeräumt, wie es eben gut organisierte Officemanager gern haben. Auf dem Schreibtisch lag ein Ausdruck. Ähnliches hatte ich bei Versicherungen schon gesehen, nur eben andersherum. Bei der Liste handelte es sich um eine Progressionstabelle für die Verursachung von Invalidität. Inklusive Gliedertaxe. *Verprügeln, 300 Euro, Finger brechen, 400 Euro* stand da. *Arm brechen, 600 Euro.* Nach diesem Muster war ein komplettes Leistungspaket aufgefächert. Ich steckte das Papier ein, vielleicht brauchte ich später einmal ein Beweisstück.

Auf Zehenspitzen schlich ich weiter ins Nebenzimmer. Da drinnen sah es übel aus. Glassplitter am Boden, Stühle umgekippt. Offenbar hatte man von draußen durch das Fenster geschossen. Dann sah ich zwei reglose Gestalten am Boden, eine davon war Benni, der vierschrötige Türsteher. Den zweiten kannte ich nicht, aber sein grauer Kittel verriet, dass er das Hausmeisterfaktotum war. Ich wendete mich wieder Benni zu. Als habe jemand versucht, zwischen seinen Dübelwarzen eine Knopfleiste einzuziehen, liefen dunkelrote Einschusslöcher vom Bauch bis zum Hals. Benni war nicht nur tot, sondern mausetot. Mit einem in der Ecke stehenden Besen drehte ich ihn auf den Bauch. Hinten in seinem Hosenbund zeichnete sich mein Totschläger ab. Ich nahm ihn an mich. Etwas, das mir gehört, einem Toten zu überlassen, ist nicht ratsam. Mit dem Besen brachte ich ihn in seine ursprüngliche Lage. Ich hatte mir einen Überblick verschafft, aber Rattelhuber blieb spurlos verschwunden. Erst beim Verlassen des Raums bemerkte ich ein weißes T-Shirt am Boden. Schmutzig und zerknüllt lag es da; in Brusthöhe war die Aufschrift *Sister Sox* deutlich auszumachen. Nun war es amtlich, Pia hatte sich hier aufgehalten.

Ich ging nach unten. Vorsichtig öffnete ich die Tür zur Bar und betrat sie auf leisen Sohlen. Im schummrigen Licht sah man genug, um festzustellen, dass niemand mehr hier war. Ich durchquerte den Raum und kam zum Exotenbereich. Dort bot sich ein seltsames Bild: Aufgereiht wie Hühner auf der Stange und eng aneinander gekuschelt saß das weibliche Personal des Hauses. Unter ihnen war Olga, sie klammerte sich an ihre Nachbarin. Mein Auftauchen brachte die Frauen in Panik. Ein vielstimmiges Kreischen setzte ein. Ich schoss ein paar Mal in die Decke. Am besten verschafft man sich gleich von Anfang an Respekt, mein Deutschlehrer hat das auch so gemacht. Erst mal alle zusammenputzen.

– Schnauze, schrie ich. Schluss mit dem Geschrei!

Man gehorchte mir aufs Wort. Jetzt sah ich, dass am Fenster der Zwerg stand. Er fuhr herum. Als er mich mit der Kalaschnikow im Anschlag sah, gab er sofort auf. Er warf seine Pistole auf den Boden und streckte die Hände hoch. Von draußen glaubte ich ein zischendes Geräusch zu hören, aber ich mochte mich irren.

– Komm her zu mir.

Ängstlich verließ der Zwerg seinen Platz am Fenster und blieb in respektvoller Entfernung. Ich holte Pias Foto aus der Tasche und hielt es ihm unter die Nase.

– Kennst du die?

Er zögerte. Ich schoss nochmals in die Decke. Jeder Zweifel an meiner Entschlossenheit musste von vornherein erstickt werden.

– Das ist doch die Musikerin, oder?
– Wo hast du sie gesehen?
– Bei *Rocket Records*. Im Studio.
– Wann?
– Vor einem halben Jahr oder so.
– Und hier?

Er druckste herum.

– Weiß nicht, wirklich!
– Denk mal genau nach.

Ich bohrte ihm den Lauf der Waffe ins Hemd.

– Ich glaube, sie war mit Boris hier.
– Boris wer?
– Boris Zakow. Der Chef.
– Ist jetzt wo?
– Meistens bei *Rocket Records*. Oder hier. Aber heute nicht.

Ich schaute ihn an. Er war so eingeschüchtert, dass er wahrscheinlich die Wahrheit sagte. Wieder glaubte ich von draußen ein Zischen zu vernehmen. Dann klirrte eine Scheibe, die zu Bruch ging. Durch das Fenster hindurch sah man, dass sich von oben aus dem ersten Stock Licht ausbreitete. Jetzt wurde es brenzlig für Carmello.

– Draußen in der Toilette ist Carmello, der junge Italiener. Hol ihn her, rasch, schrie ich zu Olga.

Olga sprang auf und lief hinaus. Von draußen war ein Prasseln zu hören, aber das war mir egal, eines gab es noch herauszufinden.

– Lass die Hosen runter, befahl ich dem Zwerg.

Ungläubig sah er mich an und schüttelte dann den Kopf. Ich versetzte ihm mit dem Gewehrkolben einen Schlag in die Seite.

– Hosen runter!

Mit zitternden Händen fingerte er seine Hosenknöpfe auf. Dann ließ er seine Hose nach unten rutschen und stand in einem schwarzroten Tanga da. Vorne auf dem Polyestersuspensorium war ein Totenkopf mit dem Hinweis *Poison* aufgedruckt.

– Frei machen.

Er fing an, an seinem Hemd zu nesteln.

– Lass das Hemd, ich will deinen Schwanz sehen, verstehst du?

Jetzt schwoll das Wispern hinter mir zu einem Raunen an. Ich glaube es war Gisela, die ihrer Empörung Luft machte.

– Perverses Schwein.

– Schnauze, schrie ich. Und du hol jetzt endlich deinen Schwanz raus.

Der Zwerg streifte seinen Slip ab. Ich besah ihn kurz, er war sauber. Keine Tätowierung. Olga kam gelaufen.

– Er ist weg!

Ich fuhr herum.

– Wohin?

– Draußen. Rattelhuber treibt ihn vor sich her. Er benutzt ihn als Schutzschild.

Weiteres konnte ich mir ohnehin sparen, denn die Glasfüllung der Türe barst mit großem Krachen. Scherben rieselten in den Raum. Vom Gang her schlugen Flammen herein.

– Raus hier! Olga, du hältst dich hinter mir.

Ich öffnete die schwere Eisentür des Notausgangs. Das helle Feuer draußen blendete mich so, dass ich in der dahinter liegenden Dunkelheit nichts erkennen konnte. Das Gewehr im Anschlag rannte ich los. Ich wendete mich noch einmal kurz um und sah, dass Olga mir folgte.

29

Wir standen im beißenden Rauch, ich packte Olga am Arm und hielt sie fest, als ich zwei Gestalten vor uns bemerkte. Es war Rattelhuber, der Carmello vor sich her schob, eine Pistole auf ihn gerichtet.

– Wenn einer von euch muckt, drück ich ab. Klar?, schrie Rattelhuber in die Dunkelheit hinaus, wo er die Angreifer vermutete.

Er wollte mit den Italienern verhandeln. Ich sprang vorwärts, haute Rattelhuber mit dem Kolben meiner Kalaschnikow weg und zog Carmello zu mir heran.

– Wir brechen auf der anderen Seite durch. Bleibt dicht hinter mir.

Wir rannten um das Haus herum und tasteten uns vorsichtig an der angrenzenden Mauer entlang aus dem Rauch. Als wir halbwegs freie Sicht hatten, schien alles ruhig. Über den Parkplatz kamen wir zum *Wal Mart*. Dort stoppte ich ab. Die *Oase* brannte wie ein Fackel. Glas barst, und das Gebälk fiel krachend herab. Wenn das Sodom und Gomorrha war, dann hatte es der Herr mit den Seinen wieder einmal gut gemeint. Hinter der Waschstraße stand mein Bus. In einiger Entfernung war ein Lancia abgestellt. Immer noch war es ruhig. Das sah gut aus, aber nach dem, was mir bislang widerfahren war, hätte ich es mit Gleichmut ertragen müssen, wenn ein Bataillon Tanks aus der Waschhalle rasselnd hervorgebrochen wäre. Wer eine schussbereite Kalaschnikow im Arm hält, sollte stets mit dem Schlimmsten rechnen. Ich ging voraus und öffnete den Bus. Die beiden ließ ich hinten einsteigen; das Gewehr verstaute ich im Führerhaus unterm Sitz. Die Ingolstädter Straße befährt man besser in Zivil. Genau in diesem Moment wurden die Insassen des Lancia aktiv. Die Scheinwerfer wurden aufgeblendet, und zwei Männer sprangen aus dem Wagen, die ich im Gegenlicht nicht erkennen konnte. Auszumachen war nur, dass beide Hüte trugen.

– Attenzione, Dimauro, schrie einer. Hinlegen.

Das waren die Italiener! Sie waren uns gefolgt und hatten ihre Chance abgewartet, Carmello möglichst unverletzt herauszuhauen. Zwei Schüsse fielen. Eigentlich fielen sie gar nicht, es machte nur: Plopp Plopp. Mit mehr Muße hätte ich danach die zwei Einschussdellen im Blech meines Busses genauer betrachten können. Aber auch in der Kürze der Zeit registrierte ich, dass sie zwar so harmlos wie die Nasenlöcher eines Schweinerüssels aussahen, aber beide unmittelbar in

Kopfhöhe eingeschlagen hatten. Natürlich war das ein fürchterliches Missverständnis, ich hatte mit Rattelhuber und Konsorten doch nichts am Hut, aber diesen Fehlschluss hätte ich gerne als Lebender aufgeklärt. Ich sprang daher in das Führerhaus und startete. Auf diesen Gefährten konnte ich mich jederzeit verlassen, er tat das, was ich wollte: Wenn ich den Zündschlüssel drehte, sprang er klaglos an. Krachend haute ich den Rückwärtsgang rein und setzte zurück. Hinten an meinem Bus hatte ich vor Jahren ein Safarigestänge anschweißen lassen. Damals wollte ich eine Wüstentour unternehmen. Allerdings hatte ich am flotten Urlaubsleben Gefallen gefunden und stellte schon an der Algarve fest, dass mein Geld für die geplante Safari auf keinen Fall reichen würde. Wurde aber dennoch ein unvergesslicher Urlaub.

– Festhalten da hinten, brüllte ich.

Ich erwischte ihn genau richtig mit meinen Stoßhörnern. Es krachte, die Scheinwerfer des Lancia erloschen, und der Wagen machte einen Satz nach hinten. Die beiden Hutträger suchten Deckung hinter der Waschhalle. Nun hatte ich Zeit und Speed genug, quer über den Parkplatz auf die Ausfahrt zur Ingolstädter Straße zuzusteuern. In jeder Hinsicht rechtzeitig, denn hinter mir brach die Hölle los: Sirenen heulten, ein Feuerwehrwagen nach dem anderen bretterte auf das Gelände. Wahrscheinlich auch Polizei.

Ich fädelte mich stadtauswärts ein. Dass ich mit den beiden da hinten im Bus nicht einfach in meinen Laden zurück konnte, das lag auf der Hand. Wo und wie ich fuhr, ob ich alle Ampeln beachtet hatte und wer mir über den Weg lief – das hätte ich nicht mehr sagen können. Sogar in diesem verwirrten Zustand findet man mühelos von der Ingolstädter Straße aus die Autobahn Nürnberg. Sicher ist nur, dass ich ziemlich losheizte, weil ich ein ungutes Gefühl im Rücken hatte. Je mehr Abstand ich zwischen Euroindustriepark und mich legte, desto besser wurde es. Zudem war eine Autobahnfahrt für einen, dem so viel durch den Kopf ging wie mir, genau das Richtige. Betrachtete man die ganze Geschichte unvoreingenommen und ruhig, dann ordnete sich eine Menge wie von selbst. Bereits hinter der Raststätte Fürholzen hatte sich alles so weit abgesetzt, dass ich wusste, was nun zu tun war. Am nächsten Parkplatz machte ich Halt.

30

In aller Ruhe rollte ich mir zwei Zigaretten. Eine steckte ich sofort an und beguckte mich im Spiegel. Der Striemen im Gesicht war rot erblüht, das übliche zwetschgenblaue Farbspiel würde in den nächsten Tagen aufziehen, um schließlich in fleckiges Orangebraun überzugehen. Auch sonst war noch einiges aus dem Lot: Meine linke Gesichtshälfte war so gefühllos, als hätten sie mir die Botoxdosis eines ganzen Frauenstammtischs injiziert. Und meine Lippen waren geschwollen wie die Tapirschnauze einer aufgespritzten Charitylady. Das sah verdammt schlecht aus. Beschissen sogar. Hinten klopfte es, die beiden wollten aussteigen.

– Moment! schrie ich.

Diese fünf Minuten gehörten ganz allein mir, ich hatte mir

für diese Maden da den Arsch weit genug aufgerissen. Schließlich stieg ich aus und öffnete die Hecktür. Carmello war ganz bleich, er wusste offenbar, was ihm drohte. Er betastete seine Kopfwunde, um Mitleid zu schinden.

– Vertritt dir ein bisschen die Beine, sagte ich zu Olga. Wir haben was unter Männern zu klären.

Olga schaute mich erschrocken an. Wahrscheinlich befürchtete sie, dass neuer Stress begann. Allerdings!

– Na mach schon!

Olga hüpfte aus dem Wagen und spazierte ins Dunkle.

– Also, Freund, raus mit dir!

Carmello schlich hinter mir her zum Rastplatz, wo ein Tisch und Bänke aufgestellt waren.

– Setz dich.

Carmello nahm Platz. Was mich von vorneherein in Rage brachte, war, dass er abwartete. Statt einmal von sich aus mit seiner Geschichte rüberzukommen.

– Ich höre, sagte ich.

Er zuckte die Achseln. Aber jetzt war Schluss. Für wie blöd hielt er mich eigentlich? Meine Reaktion war schnell und für ihn unerwartet. Ich verpasste ihm zwei Ohrfeigen.

– Wie lange, glaubst du, kannst du mich noch verscheißern?

Trotzig, mit roten Ohren saß er da. Dann kamen ihm die Tränen, aber das gehörte vielleicht auch wieder zum Spiel.

– Also Dimauro. Dein Vater ist offenbar Mitglied eines, sagen wir: kalabresischen Kulturvereins. Ich dachte, so einen kann man um einen Gefallen bitten, wenn man das nötig hat oder gar in der Bredouille sitzt. Stattdessen haust du vor deinen eigenen Leuten ab. Das erklärst du mir. Je nach dem, wie deine Geschichte ausfällt, überlege ich mir, ob du mit mir weiterfährst oder ob du hier auf diesem Parkplatz bleibst. Okay?

Ich zündete meine zweite Zigarette an. Rauchen war gut, denn die Geschichte, die mir Carmello servierte, war so haarsträubend, dass man sie sonst nur mit aufgerissenem Mund hätte anhören können. Er war in der Tat vor den eigenen Leuten abgehauen. Die Vereinssektion München, oder wie man sie nennen sollte, arbeitete hundertprozentig legal. Das war das Geschäftsprinzip. Wahrscheinlich musste schmutziges Geld gewaschen werden.

– Und ich habe dagegen verstoßen, dass bei uns alles strikt legal läuft. Weil ich Pia Drogen besorgt habe. Deswegen sind Dorst und Bungert hinter mir her. Ich hätte nie mit der Polizei aneinander geraten dürfen. Dadurch habe ich meinen Vater und die anderen in große Schwierigkeiten gebracht.

Carmello wagte nicht mehr, nach Hause zu gehen. Aus Angst vor der Strafe seiner Familie. Also trieb er sich vorzugsweise bei mir herum.

– Und jetzt erklärst du mir, wer die anderen sind. Zakow, Rattelhuber und Konsorten. Und warum eure Leute die jetzt platt machen.

– Wir nennen sie nur die Russen. Mit denen hat es früher schon öfter Ärger gegeben. Sie versuchen, sich immer mehr Bars und Lokale unter den Nagel zu reißen. Aber in letzter Zeit war alles ruhig, bis ihr Pornoserver geknackt wurde. Daraufhin wurde Mario erschossen, und der Laden flog in die Luft. Seither ist Krieg!

Du meine Güte! Ich hatte Julius angestiftet, in diesem Wespennest herumzustochern. Er hatte den Server von Marios Rechnern aus angegriffen. Die Geschichte war vollkommen aus dem Ruder gelaufen.

– Und wie kommt das, dass dich die Russen geschnappt haben?

Was Carmello erzählte, hätte ich wissen können: Natürlich war er es gewesen, der mir bei Julius über die Schultern gesehen hatte. Darauf hatte er einen verzweifelten Versuch unternommen, Pia in der *Oase* zu finden und rauszuholen. Das aber wurde endgültig zum Funken im Pulverfass. Die Russen hatten nun einen Kalabresen in ihrer Gewalt, und die Italiener schlugen heftig zurück. Und das Irre war, dass ich von beiden Seiten ins Visier genommen wurde. Für die Italiener gehörte ich zur russischen Bande und für die Russen zur italienischen. Ich stand im Kreuzfeuer. Verdammte Hacke, schlimmer konnte es nicht kommen!

Wenn einer Grund zum Weinen hatte, dann ich.

31

Natürlich nahm Olga Carmello in den Arm, als sie ihn wie ein Häuflein Elend auf der Bank sitzen sah. Dass man erwachsen war, wurde einem immer wieder brutal vor Augen geführt.

– Einsteigen, sagte ich.

Ich verstaute sie wieder hinten im Bus und fuhr los. Bei

Allershausen bog ich von der Autobahn ab, es war genau die Strecke, die ich vor einigen Tagen gefahren war. Hinnerk staunte nicht schlecht, als wir zu dritt aufkreuzten. Er hatte es sich mit einem Bier auf seiner Terrasse gemütlich gemacht und guckte auf seinen vom bösen Nachbarn wieder eingezäunten Garten. Aber der Astbach war schön wie eh und je.

– Meine Güte, Gossec, was haben sie mit dir angestellt?

Diese Geschichte war für meinen Zustand definitiv zu kompliziert und zu lang.

– Demnächst erzähl ich dir alles, sagte ich, und wir lachen drüber. Aber jetzt sei ein Schatz, Hinnerk, bring uns ein paar Bier und mach uns das Bett.

Und Hinnerk war ein Schatz und machte alles wie gewünscht. Er servierte uns sogar einige belegte Brote. Mein Gott, war das ein Leben hier draußen! Nach zwei Bier und drei Leberkässtullen, die er mit Gürkchen und Ei garniert hatte, musste es wohl das Restadrenalin sein, das in mir zirkulierte und mich noch einmal zur Aktion aufrief. Hinnerk war drinnen und machte uns die Betten. Ein treuer Freund, der sich für einen wie mich krumm legte. Dabei bekam ich immer ein schlechtes Gewissen. Also drückte ich mich aus dem Stuhl hoch und ging zum Bus.

Bei meiner momentanen gesichtsmuskulären Verfassung war an Grinsen nicht zu denken, aber wenn ich gegrinst hätte, hätte ich es so wulstig getan wie Bibendum, das Michelinmännchen. Ich holte aus dem Bus die Kalaschnikow und ging hinüber zu Plattner, dem Nachbarn.

Plattner öffnete die Tür und wollte gleich in Deckung gehen, als er mich mit dem Gewehr dastehen sah. Ich machte eine klare Ansage.

– Bis morgen sechs Uhr früh ist der Zaun weg. Verstehen wir uns?

Ich entsicherte das Gewehr und perforierte *Rackatack-Rackatack* den am Weg stehenden Froschkönig aus Gips.

– Schönen Abend noch, Herr Plattner.

Plattner machte eine Art linkischer Verbeugung und drückte schnell die Tür zu. Von dieser durch externe Mittel gestützten Kommunikation konnte man regelrecht abhängig werden. Sie funktionierte so, wie man sich das wünschte: einfach geradeaus. Ich verstaute das Gewehr in Hinnerks Schuppen und setzte mich wieder auf die Terrasse. Kurze Zeit später war ich so müde und ausgewrungen, dass ich mich hinlegte. Verwicklungen und Dramen wollte ich keine mehr, daher wies ich Carmello die Couch in Hinnerks Zimmer zu. Ich selbst rollte mich auf die Luftmatratze, die er mir ins Gästezimmer gelegt hatte. Olga konnte das Bett in Anspruch nehmen.

Zerschunden lag ich da. Tief befriedigt nahm ich zur Kenntnis, dass dort unten im Garten die Demontage des Zauns im Gang war. Ich wartete nur darauf, dass Olga endlich fertig war, um das Licht ausmachen zu können. Statt sich hinzulegen, glitt sie auf meine Luftmatratze.

– Ich wollte mich nur noch mal bedanken. Eine komische Type bist du ja schon, aber irgendwie ziemlich in Ordnung.

– Schon recht, erwiderte ich.

In dem weggetretenen Zustand sollte ein Mann nicht mehr reden müssen, sondern sich auf Grunzlaute beschränken dürfen. Aber Frauen ist das schwer zu vermitteln. Olga strich mir über den Arm.

– Möchtest du, dass ich...

– Dass du was?

In meinem Kopf blinkte das rote Alarmlämpchen.

– ... dir einen blase?

Da riss es mich hoch. Da mir ohnehin nur mehr die basalen Techniken zur Verfügung standen, haute ich ihr gleich eine runter.

– Vielleicht machst du dir klar, dass du jetzt aus diesem Puff draußen bist. Und ich nicht drinnen. Und jetzt lass den arschigen Nuttenscheiß, säusle nicht so gekünstelt herum und kapiere endlich, dass du dich wieder wie ein normaler Mensch aufführen darfst. Jedenfalls so lange ich im Zimmer bin.

32

Am anderen Morgen erwachte ich früh mit einem Brummschädel. Kein Wunder, der Kopf hatte gestern einiges abgekriegt. Ich besah mich im Spiegel. Diese lädierte Fresse zu rasieren, hatte keinen Zweck, schon gar keinen kosmetischen. Also stellte ich mich unter die Dusche, zuerst warm, dann immer kälter. Das ist moralhygienisch wertvoll, und man beginnt den Tag als guter Mensch. Inzwischen war es halb sieben geworden. Hinnerk schlief noch, die Jungen sowieso. Ich taperte leise die Treppe hinunter, um niemand zu wecken.

Das ging gut. Aber in dem dunklen Gang, in dem es kein Licht gibt, stieß ich dann doch gegen einen großen Sack mit Flaschen. Hinnerk war ein netter Mensch, aber in so einer Siffbude konnte nur ein *Messie* wie er leben. Was hatte ich schon mit ihm herumdiskutiert, es war sinnlos, er hatte für jeden am Boden liegenden Dreckklumpen ein Argument. Natürlich auch dafür, dass der ganze Küchenboden mit Sonnenblumenkernen übersät war. Wahrscheinlich musste man beim Brotschneiden Dreh- und Schlenkerbewegungen machen, um das so flächendeckend hinzukriegen.

Wie sich ein Mann in einen solchen Wahnsinn hineinarbeiten konnte, war mir vollkommen klar, man ist ja selber einer. Bei Hinnerk ging das so: Er stellte seine Sporttasche immer auf einen Karton neben der Haustür, schließlich brauchte er sie ständig. Dort hatte er sie sofort wieder zur Hand. In dem Karton befand sich eine Niedervolt-Lichtanlage, die er gelegentlich einmal im Gang montieren wollte, allerdings fehlte eine Steckverbindung, was er eigentlich schon längst reklamieren wollte. Deshalb also war der Karton direkt neben der Haustür, damit er die ganze Angelegenheit nicht vergaß. Am Karton lehnten die zwei großen Beutel mit leeren Flaschen, die sicher einen unguten Nachbarn wie Plattner misstrauisch werden ließen und ihn womöglich zu dem verleumderischen Tratsch verführten, dass der Rab nebenan schon längst zum Alkoholiker geworden sei. Hinnerk meinte, es sei geschickter, sie abends einmal zum Container zu bringen, wenn er ohnehin daran vorbeikam, auf dem Weg zu einem Bekannten, der im Moment allerdings verreist war. Die Abwesenheit des Bekannten war ohnehin ein Glücksfall, denn wenn er wieder zurückkam, gab es ein Problem: Der Flur war so dunkel, dass man nur mit größtem Aufwand hätte feststellen können, ob sich unter dem Kleiderbuckel, der sich an der Garderobe aufwölbte, noch die Lodenjacke befand, die der Bekannte wahrscheinlich dort vergessen hatte. Handlungsdruck bestand *Gott sei Dank!* jedoch nicht, weil er ja verreist war. Seit Wochen konnte Hinnerk schon nicht mehr die braunen Wildlederschuhe tragen, weil das Drahtbürstchen zum Säubern im Schuhschrank begraben lag. Ein Regal war heruntergebrochen, im Prinzip eine Kleinigkeit, es musste nur ein herausgesprungener Stift in die Bohrung zurückgesteckt werden, um das Regalbrett, das neben dem Schrank angelehnt war, wieder zu fixieren. Den aber fand er in seinem dunklen Haus nicht. Deshalb musste er gelegentlich wirklich mal die Niedervolt-Anlage installieren! Auch den Boden hätte er wieder einmal fegen und wischen müssen, zumal sich neulich Dreckklumpen von den Schuhsohlen gelöst hatten. Allerdings war Putzen im Moment sowieso ein vollkommen sinnloses Unterfangen, weil man ohne Licht gar nicht sah, ob es im Flur sauber oder schmutzig war.

Und das war jetzt nur Hinnerks Flur! Wenn man ihn zur Rede stellte, wurde ihm das Ganze unangenehm, und er fing an, das Problem in seine Teile zu zerlegen, um triumphierend festzustellen, dass letztlich alles logisch nachvollziehbar und begründbar war. Wäre also nur geblieben, die Sache grundsätzlich und nicht pragmatisch anzupacken. Hier erwies sich jedoch, dass er im Moment definitiv Wichtigeres zu tun hatte, weswegen das unangenehme Gefühl genau so schnell wieder verschwand, wie es über ihn gekommen war. Wenn man Hinnerk besuchte, war sein Standardsatz: Hier müsse mal wieder aufgeräumt werden.

Ich fischte mir aus Hinnerks Spüle die Espressomaschine heraus, säuberte sie und machte mir ein Kännchen. Mit einer Tasse und zwei Schnitten Sonnenblumenbrot stellte ich es auf ein Tablett und ging außen um das Haus herum, um nicht in dem dunklen Gang auf die Schnauze zu fallen. Schließlich setzte ich mich auf die Terrasse und frühstückte. Gegen halb acht tauchte Hinnerk auf. Er gähnte, streckte und räkelte sich.

– Wie geht es jetzt weiter, fragte er.

Er hatte seine Brille abgenommen, hauchte sie an und begann sie mit seinem Nachthemd zu polieren. Ich merkte, dass ich um einen kurzen Bericht nicht herum kam. Hinnerk gab sich sichtlich beeindruckt.

– Meine Fresse, das darf ja nicht wahr sein! Und jetzt?
– Ganz klar: Ich muss wieder zurück in die Stadt.
– Und die zwei jungen Leute?
– Bleiben bei dir.

Hinnerk schluckte.

– Hat ja keinen Sinn sonst. Carmello kann dir den Garten umgraben, Olga die Bude aufräumen – irgendeine sinnvolle Beschäftigung wirst du schon für die beiden finden.

Hinnerk nickte tapfer.

– Sobald ich meine Geschichten auf die Reihe gekriegt habe, hole ich sie. So schnell wie möglich. Versprochen!

Hinnerk nickte noch mal. Ich stand auf, und wir umarmten uns. Dann fuhr ich los. Die Stadt wartete auf den *lonesome rider*.

33

Ich brauchte einen Plan. Zeit genug, ihn zu schmieden, hatte ich. Morgens im Berufsverkehr war man gut und gern eine Stunde unterwegs. Einer wie ich musste aber beim Planen besonders vorsichtig sein. Manche werden vom Hundertsten ins Tausendste abgetrieben, bei mir wird alles immer grundsätzlicher. Mir fehlt der Pragmatismus. Um das Schaufenster meines Ladens neu zu gestalten, wollte ich ein Bord befestigen. Bei dieser Gelegenheit stellte ich fest, dass die Schrauben und Nägel immer noch nicht in Gläschen gefüllt waren. Außerdem sollte das Bord ohnehin nachlackiert werden. Wenn nun schon Farbe angebrochen und der Pinsel feucht war, konnte man auch gleich den Fensterrahmen ausbessern und in der Zwischenzeit das Besteck für die Auslage in heißes Wasser mit Silberreinigungsmittel legen. Für Schrauben und Nägel in Gläschen wäre ein Brett zu montieren, um sie übersichtlich unterzubringen. Ich weiß nicht mehr, wie das genau weiter ging, aber diese Idee führte dazu, dass ich meinen Laden grundrenovierte.

Ohne Umschweife stieß ich zum Kern der Sache vor: Ich musste Pia finden und aufpassen, dass mir weder ein Rattelhuber noch ein Italiener die Rübe wegpustete. Die Idee, die ich hatte, war vielleicht eine Eingebung. Als in München die Kammerspiele saniert wurden, konnte ich einen Teil des Kostümfundus übernehmen. Einige Einzelstücke hingen immer noch bei mir im Laden herum. So auch die unscheinbare Kutte, die mir nun sicher gute Dienste leisten würde. Praktisch um die Ecke ist das Kloster St. Anton. Die Kapuziner dort mögen rar geworden sein, aber niemand würde sich wundern, wenn Vater Gossec in Ordenstracht unterwegs war. Und einen Mönch erschießt kein Italiener, der bei Sinnen ist. Schließlich war Padre Pio auch ein Kapuziner.

Ich war richtig glücklich, als ich meinen Bus in der Hofeinfahrt parkte.

Drinnen im Laden blinkte mein Anrufbeantworter. Iris sagte, dass sie sich morgen mit Pias Hausverwaltung in Grünwald auseinander zu setzen habe. Es gehe darum, die Schulden zu begleichen. Ob ich denn da nicht hingehen könne. Auf sie höre ja doch niemand. Na klar, auf mich hörten doch alle, wenigstens, wenn ich eine Knarre in der Faust hatte.

Dann war auch noch Dorst zu hören. Er habe ein schönes Foto von mir. Ob wir das mal gemeinsam ansehen könnten. Ich hatte keinen blassen Schimmer, was dieses Arschloch mit seinem kryptischen Hinweis meinte. Jedenfalls würde ich ihn keinesfalls anrufen.

Ich kramte in meinem Schrank und fand die Kutte. Stand mir gut, wie angegossen. Schade, dass mich meine Mutter nicht sehen konnte. Sie hätte es gern gehabt, wenn aus mir ein Kleriker geworden wäre. Die Kirche hat einen großen Magen, pflegte sie zu sagen. Sie meinte damit, dass sie einen wie mich auch noch hätte verdauen können.

Ich dachte, es sei eine gute Idee, gleich in die Höhle des Löwen zu marschieren. Direkt zu den Kalabresen in den Schlachthof, um das Missverständnis an höchster Stelle aufzuklären, dessentwegen mir diese Fraktion an den Kragen wollte. Als ich meinen Laden abschloss und durch die Hofeinfahrt nach draußen ging, begegnete ich einem Mann mit Hut. Ich erkannte in ihm sofort einen der Italiener von gestern Abend wieder, die uns im Lancia erwartet hatten. Meine Verkleidung wirkte jedoch, er bekreuzigte sich, als er mich sah. Ich hatte das Gefühl, dass er etwas auf dem Herzen hatte. Das aber wollte ich gar nicht so genau wissen, von diesen Hutträgern kam nichts Gutes. Ich segnete ihn von Herzen, denn zumindest hatte er diesmal nicht versucht, mir ein Loch in den Kopf zu schießen. Darauf konnte man aufbauen. Ich verschwand schnell.

34

Ich marschierte mit ausgreifendem Schritt. Die Hitze wurde bereits wieder drückend, und das Erfreuliche meiner neuen Ausstattung war, dass man durch die Kutte von unten her eine angenehme Ventilation um die Eier bekam. Was die Unterhosenfrage angeht, halten wir Kapuziner es wie die Schotten. Wie es nun weiterging, hatte ich klar vor Augen: Zuerst würde ich mir Sabatino vorknöpfen. Es wäre an ihm gewesen, seinen Geschäftspartnern zu erklären, dass ich auch im italienischen Sinne ein guter Mensch war. Unnachgiebig würde ich darauf dringen, mit Dimauro zu sprechen, dessen Sohn ich nun schon mehrfach aus dem Schlamassel gezogen hatte. Wenn man so genau weiß, was man will, muss man nur geradeaus gehen. Der Rest ergibt sich von selbst. Allerdings hatte ich nicht damit gerechnet, wie rasch ich an die erste Abzweigung geraten würde, die mich ausscheren ließ. In der Zenettistraße steuerte eine ältere Dame auf mich zu, so gepflegt weißhaarig, mit so anmutig auf einem lila Halstuch drapierter Perlenkette, dass man sie sich sofort zur Mutter wünschte. Ich konnte gar nicht umhin, ihren Blick und ihr Lächeln zu erwidern, man ist ja kein verstockter Stoffel.

– Ah, Pater Tassilo, sagte sie, endlich habe ich Sie gefunden! Ich bin Fanny Berghammer, die Ihnen geschrieben hat. Freut mich, Sie kennen zu lernen. Vom Foto her hätte ich Sie aber nicht erkannt.

Spätestens jetzt hätte ich sie enttäuschen müssen. Allerdings bemerkte ich noch rechtzeitig, dass ein am Kotflügel lädierter Lancia mit getönten Scheiben und italienischem Kennzeichen langsam die Straße hinunter fuhr. Ich hielt es daher für angezeigt, der netten Dame die Hand zu reichen. Ein falscher Mönch, der ältere Frauen düpiert, zieht zu viel Aufmerksamkeit auf sich.

– Mit dieser Verletzung würde mich nicht einmal mein Guardian erkennen. Wie Sie sehen, bin ich gestürzt.

– Ja, sieht furchtbar aus. Haben Sie noch Schmerzen?

Ich schüttelte den Kopf.

– Kommen Sie, sagte Frau Berghammer, die anderen warten.

Sie fasste mich am Arm, und wir schlugen den Weg Richtung St. Anton ein. Der Lancia hielt sich hinter uns.

– Sie haben vollkommen Recht gehabt, schon alleine loszugehen. Aber Sie müssen entschuldigen, mein Sohn konnte einfach keinen Parkplatz finden. So bin ich ein bisschen zu spät.

– Das macht doch nichts, erwiderte ich.

– Danke. Wie geht es in Rom?

Hoppla, daher wehte der Wind! Bevor ich jetzt das Maul aufriss und mich mit falschen Bemerkungen vergaloppierte, musste ich mich in dem neuen Koordinatensystem orientieren. Vor einigen Jahren hatte ich eine geschnitzte Figur des Herzogs Tassilo im Schaufenster stehen, die ich als Oberammergauer Qualitätsarbeit gut unter die Leute bringen konnte. Die Grunddaten meines damaligen Verkaufsgesprächs hatte ich noch im Kopf. Einer mit dem Namen Tassilo kam immer aus Bayern, denn der letzte herrschende Agilolfinger unternahm, was einem Bajuwaren eingewachsen war, nämlich keine Chance zu haben, den Süden vom Reich abzuspalten, sie aber zu nutzen. Er geriet ausgerechnet mit Karl dem Großen aneinander, der gnädigerweise das Todesurteil gegen ihn in lebenslängliche Klosterhaft abwandelte. Da stand mir in Tassilos Rolle noch Schlimmes bevor.

– Wir Bayern haben ja nun gottlob mächtig Aufwind, sagte ich daher, denn wieder einmal bewährt sich unsere Achse nach Rom. Aber die wichtigste Nachricht sollte doch sein, dass es dem Heiligen Vater gut geht.

– Da haben Sie nun wirklich Recht. Hat er denn von dem selbstgebackenen Strudel gekostet, den wir ihm geschickt haben?

– Das, liebe Frau Berghammer, kann niemand mit absoluter Sicherheit sagen. Wir haben ihm persönlich ein Stück in sein Arbeitszimmer hoch geschickt.

Frau Berghammer schaut mich tief enttäuscht an.

– Wir vom Frauenbund haben ihn mit so viel Liebe gebacken.

– Aber ja, das hat man gesehen. Ich glaube kaum, dass er dem widerstehen konnte. Wir haben die kostbare Fracht durch einen Schweizergardisten nach oben bringen lassen.

Fanny Berghammer lächelte wieder. Ihre Zuversicht war zurückgekehrt.

– Und der Rest?

Sie ließ einfach nicht locker.

– Die Kirche hat einen großen Magen. Außerdem gibt es in Rom viele Arme und Bedürftige ...

Ihre Miene verdüsterte sich zusehends.

– ... aber der Löwenanteil ging an das Kardinalskollegium, denn sehen Sie, so ein schwarzer Kardinal aus Uganda oder sonst woher hat im Leben noch nie einen bayerischen Strudel gekostet. Wo bringen Sie mich eigentlich hin?

– Zu den anderen Damen vom Frauenbund. Sie warten schon. Wir freuen uns alle sehr, dass uns jemand erzählt, wie es im Vatikan zugeht.

Wir hatten die Klosterpforte erreicht und gingen hinein. Eine Gruppe von Pennern hatte sich gesammelt und wartete auf die tägliche warme Mahlzeit, die dort ausgegeben wurde. Ihre Bierflaschen und Wein-Tetrapaks hatten sie drüben auf den Friedhofsbänken gelassen. Das kam hier gar nicht gut. Sie setzten alle rot entzündete Büßermienen auf und strichen ihre schwartigen Klamotten glatt, als sie mich sahen. Eine rundliche Person vom Typ Pfarrersköchin kam auf uns zu und wischte sich ihre Hände an der Schürze ab.

– Pater Tassilo, nicht wahr?
Wir schüttelten uns die Hände.
– Haben Sie schon gegessen?

Im Hintergrund wurde an großen Bottichen herumgefuhrwerkt. Vor zehn Minuten hatte ich noch glänzende Aussichten auf einen feinen Teller Pasta gehabt. Aber das sah aus wie Bayerisch Stew. Mit Schweinebauch statt Hammel.

– Vergelt's Gott, sagte ich daher, ich bin bereits ausreichend verköstigt worden.

Die Köchin legte erschrocken die Hand vor den Mund. Ich verstand nicht, warum meine harmlose Ablehnung eine so heftige Reaktion auslösen konnte. Bis ich aus dem Hintergrund eine scharfe Ansage hörte.

– Padre!

Ich drehte mich um und blickte, wie so oft in den letzten Tagen, in die Mündung eines Revolvers.

35

Letzte Gewissheiten brachen weg. Die Italiener waren durchgedreht und bedrohten nun auch den Klerus. Die Penner waren schlagartig abgehauen. Man konnte es ihnen nicht verdenken, wer will schon für eine warme Mahlzeit das Leben lassen. Die beiden Frauen standen erstarrt. Es war der Typ mit Hut, dem ich vorher ausgewichen war.

– Mitkommen, Padre.

Ich machte Anstalten, ihm zu folgen.

– Stopp, sagte er. Letzte Ölung. Instrumente.

Ich schaute ihn verständnislos an. Gott sei Dank wusste er nicht, dass ich angeblich aus Rom kam und perfekt italienisch sprach. Aber die Köchin hatte längst begriffen, worum es ging.

– Moment, sagte sie, bin gleich wieder da.

Sie verschwand und kam mit einem Lederfutteral zurück, das sich als ein priesterliches Rescue Pack entpuppen sollte. Eine zusammengefaltete Kleinstola, ein Döschen mit Öl und ein Etui mit Hostie. Beim Anblick dieser Utensilien, die an letzte Dinge rührten, an unser unvermeidliches Ende und das Jüngste Gericht, kamen dem rauen Gesellen die Tränen.

– Mitkommen bitte, sagte er bereits wesentlich moderater.

Ich folgte ihm, und er hieß mich in seinen Lancia mit getönten Scheiben einsteigen. Mit quietschenden Reifen legte er einen schwungvollen U-Turn hin und preschte die Thalkirchner Straße hinunter. Weit allerdings fuhren wir nicht. Bereits beim Hotel *Apollonia* in der Hans-Sachs-Straße waren wir am Ziel. Er führte mich hoch in ein gediegenes Zimmer, wo auf dem Bett ein Mann lag, so bleich wie die Bettwäsche, weil er offenbar viel Blut verloren hatte. Offenbar hatte er bei dem Scharmützel gestern Abend einiges abbekommen. Sein Brustkasten war verbunden, die Binden blutverklebt. Ich hätte es sinnvoller gefunden, einen Arzt zu rufen, aber ich stand nicht an, einem Mann mit geladenem Revolver Ratschläge zu erteilen.

– Mio compagno, sagte der Hutträger. Ölen.

In jedem Zweifelsfall darf der gute Katholik nottaufen.

Dazu genügt ein Gefäß und etwas Wasser, um eine unschuldige Seele der Erbsünde zu entreißen. Warum also soll man nicht auch notölen dürfen? Das Ganze ging ziemlich schnell über die Bühne, denn der Mann hatte, seiner Beichte nach zu urteilen, außer den paar schlechten Menschen, die er umgelegt hatte, kaum etwas auf dem Kerbholz. Ich segnete, ölte und machte auch sonst alles in der guten Gewissheit, dass diese Zeremonie zu denen gehört, die man normalerweise nur wenige Male miterlebt und von der daher niemand so genau weiß, wie sie abläuft.

– War Beichte, sagte der Hutträger und deutete auf mich. Mistero. Schweigen für immer. Capito?

Ich nickte. Er steckte mir einen 500-Euro-Schein in die Kutte und schob mich nach draußen. Wie war das Leben doch schön, als ich wieder unten in der Hans-Sachs-Straße stand, atmend in rosigem Licht und so neuwertig wie zuvor. Im Grunde genommen war nichts weiter passiert, als dass ich ein klein wenig vom Weg abgekommen war. Ich unternahm einen zweiten Versuch, zu *Sabatinos Osteria* zu gelangen.

36

Schon in der Mitte der Hans-Sachs-Straße kam mir eine junge Frau entgegen, die mir ungefragt einen Euro zusteckte. Als Bettelmönch im Glockenbachviertel war man eine seltsame Figur, Franziskus, unser Ordensgründer, hätte seine Freude daran gehabt. Unauffälliger war man hier in einer

Soutane, aus der ein wenig mehr Prälatenlila hervorschimmerte.

Es gibt zwei Sorten von Menschen, solche, die in diesem Viertel wohnen, und solche, die dorthin möchten, und sei es auch nur besuchsweise. Wer wie ich im Schlachthofviertel lebt, was nur einen Weg von ein paar Minuten ausmacht, gehört zum Abschaum. Bei uns lässt man der Bierwampe durch den Gummizug einer Trainingshose freien Lauf, schleicht mit *Adelskrone*-Pils und Schnäpschen um das Arbeitsamt, wo sich immer ein paar Kumpane finden, und verprügelt abends seine Frau. Das Glockenbachviertel hingegen wird von bauchfreien Mädchen auf der Suche nach einem freien Tisch bevölkert, wo sie mit ihrer Freundin eine *Latte macchiato* trinken und so lange über ihre Zukunft plaudern können, bis sie von ihrem Freund mit dem Auto abgeholt werden. Ein weiterer Teil der Flaneure gehört zu der Sorte, die sich voneinander mit Bussi und *Ciao-ieh* verabschiedet. Die dritte Gruppe schließlich sind homöopathisch austarierte Mitvierzigerinnen in figürlich günstigem Glockenleinen, die sich mit Schmerzen von ihrem Lebensgefährten getrennt, inzwischen jedoch als Selbstständige beidbeinig ins Leben gefunden haben und nun ein Lokal mit ayurvedischer Kost aufzuspüren versuchen, oder wenigstens einen Asiaten. Der große Rest im Glockenbachviertel macht Service oder stört gewaltig.

Also beschleunigte ich meinen Schritt, ging über die Westermühlstraße und den gleichnamigen Bach hoch zum alten Südfriedhof. Dahinter ab der Thalkirchner Straße beginnt das Viertel, in dem man leere Flaschen durch Pflasterwurf entsorgen darf. Ich betrat den Friedhof durch ein Seitentor und begegnete beim Grab von Ignaz Döllinger einem sichtlich verzweifelten Kollegen.

– Das Kloster St. Anton, wo ist das Kloster?

– Pater Tassilo, fragte ich.

– Gott sei Dank, Sie kennen mich. Du meine Güte, habe ich mich hier verlaufen!

– Bruder Vinzenz, stellte ich mich vor. Ich bringe Sie hin, keine Bange.

Pater Tassilo war rot echauffiert und sah aus, als hätten nun auch die Sparkassenangestellten einen Orden in Rom gegründet: Er roch nach gutem Duftwasser, war gut rasiert, gut genährt und mit einer Kutte angetan, die aus deutlich feinerem Stöffchen war als die meine.

– Sind Sie vom Kloster St. Anton?

– Ich bin nur ein einfacher Bruder. Der Gärtner hier im Friedhof.

Wir gingen zusammen.

– Und wie stehen die Dinge in Rom, Pater Tassilo?

Pater Tassilo hob ein wenig die linke Augenbraue. Er zweifelte, ob er einen von solchem Format vor sich hatte, dem eine Antwort hierauf überhaupt zukam.

– Danke, danke. Wir Bayern machen uns ja nun deutlich besser. Aber Hauptsache, dass der Heilige Vater wohlauf ist, nicht wahr?

Meine Mutter hatte also in ihrer festen Überzeugung doch nicht so Unrecht, dass aus mir ein guter Kleriker geworden wäre.

– Und der Strudel, fragte ich. Hat der Heilige Vater von dem Strudel gekostet, den wir ihm geschickt haben?

– Welchen Strudel, fragte Pater Tassilo zurück.

– Den Strudel, den der Frauenbund gebacken hat.

– Richtig, der Strudel! Ja nun, der wurde von einem Mitglied der Schweizergarde direkt in die Gemächer des Heiligen Vaters gebracht.

Genau genommen hätte ich eine große Zukunft als Ordensmann gehabt.

Als wir beim Haupttor zur Kapuzinerstraße angelangt waren, sahen wir, dass gegenüber beim Kloster Polizeifahrzeuge mit eingeschaltetem Blaulicht standen.

– Du meine Güte, was ist denn hier los?

– Ich bin sicher, Pater Tassilo, dass man Sie bereits sucht. Sie entschuldigen mich, ich habe hier noch tun.

Wir verabschiedeten uns, und ich ging über einen Nebenausgang zur Thalkirchner Straße.

37

In der Osteria brodelte wie immer um diese Zeit das Leben. Vor großen Weinschorlen in kalt beschlagenen Gläsern, statt des Mineralwassers nahm man bei dieser Sauhitze Eiswürfel, saß und stand eine lärmende Runde zusammen. Wenn der Bayer seine ihm angeborene Wortkargheit überwunden hat, wird er laut, beginnt in krakeelendem Ton zu schreien, haut auf Tische und Schenkel und lacht über jeden ihm dargebotenen Witz. Das verbale Fingerhakeln und Raufen empfindet er als einen angemessenen Ausdruck von Lebensfreude umso mehr, wenn dialektal und auch sonst Gleichsinnte um ihn sind.

Als ich den Raum betrat, bildete sich eine Gasse, durch die hindurch ich an einen schönen Tisch kam, an dem mir sofort ein Platz frei gemacht wurde. Ein Mönch beim Essen und Pokulieren ist hierzulande nicht unüblich, man wirbt sogar damit und hat bis heute nicht vergessen, dass es Mönche waren, denen München die Entstehung und seinen Namen verdankt. Also saß ich dementsprechend komfortabel. Sabatino war nicht zu sehen, offenbar hatte die Firma ihre Krisenbewältigung noch nicht abgeschlossen. Nur Rita kam, scheuer als gewohnt, und machte keine Anstalten, sich von mir knuddeln zu lassen, denn Intimitäten mit Mönchen in der Öffentlichkeit sind nicht gern gesehen.

– Mein Gott, Gossec, bist du das?

Ich knurrte wie ein alter Hund.

– Und was haben sie mit dir angestellt? Mit deinem Gesicht meine ich.

– Man hat versucht, mir die Fresse zu polieren. Ich nehme die gegrillte Brasse und eine Schorle, okay?

Ich konnte mir das leisten, schließlich war ich gerade im Außendienst gewesen und hatte gut verdient. Aus Respekt vor dem Amt, das ich bekleidete, geriet die Brasse besonders groß und kross und wurde von Giovanni, dem Koch, eigenhändig filettiert und mit Zitrone und Öl beträufelt.

– Und warum bist du eingetreten, fragte Rita, als sie mir den Prachtteller hinstellte.

– Noviziat auf Probe, erwiderte ich. Ich könnte aber auch noch bei den Buddhisten Mitglied werden.

– Genau das überlege ich mir schon die ganze Zeit, sagte Rita, aber mit den Dienstzeiten hier passt das überhaupt nicht zusammen.

Von dieser köstlichen Mahlzeit ging eine wundersame Wirkung aus, die sicher damit zu tun hatte, dass Leib und Seele sich wiederbegegneten und feststellten, dass sie doch zusammengehörten. Zu guter Letzt schlabberte ich noch eine Zabaione. Das einzig wirklich Traurige war, dass das alles nun vorbei war und ich wieder an meine Aufgabe heran musste.

– Wo steckt Sabatino, fragte ich Rita.

Rita guckte wieder wie ein Mäuschen und huschte davon; mir war klar, dass ich hinüber in den Ziegelbau musste.

38

Etwas bänglich war mir nun doch zumute, als ich die Treppen hochstieg. Ich klingelte oben bei der *Nobilitas SpA*. Ein junger Mann mit lockigen Haaren öffnete die Tür. Ich fragte nach Signore Dimauro. Er bat mich herein, und ich durfte auf einem cremefarbenen Ledersessel Platz nehmen. Das ließ sich alles sehr gut an, aber dann kam Sabatino mit einem Espressotässchen in der Hand über den Gang geschlurft. Er musterte mich zunehmend misstrauischer und erkannte mich schließlich.

– Bist du irre oder was, Gossec?

Ich fackelte nicht lange und griff ihn mir. Ich packte ihn

am Krawattenknoten, den ich so weit zuzog, dass er das Maul halten musste. Sabatino lief rot an.

– Hör mal zu, du falscher Fuffziger! Wie kannst du es zulassen, dass mir eure Leute ein Loch in den Kopf schießen wollen? Wir kennen uns nun seit mehr als zehn Jahren, warum hast du das nicht ausgeräumt?

Ich schüttelte ihn, weil er mir nicht Rede und Antwort stehen wollte, hatte dabei aber vergessen, dass er gar kein Wort herausbrachte.

– Okay, du hältst jetzt die Schnauze und lässt mich Dimauro die ganze Geschichte erzählen, klar?

Dann lockerte ich seinen Krawattenknoten, damit sein aufschwellendes Gesicht keine blaue Färbung annahm. Er japste. Nun ging die Tür auf, und Signore Dimauro ließ bitten. Das Büro war ein Traum aus Chrom, Rauchglas und cremefarbenem Leder. Sogar der Teppichboden war in greige, sicher handgefertigt von Armanis Haute Couture-Schneiderinnen. Durch das Fenster hatte man einen wunderbaren Blick auf den Schlachthof und war so nah am Geschehen, dass man per Telefon eine Lendenscheibe vom dritten Bullen der hinteren Reihe ordern konnte. Natürlich war der Raum klimatisiert, denn Kadaver- und Viehgestank hatten in so feinem Ambiente nichts zu suchen. Dimauro hatte sich erhoben und kam mir entgegen.

– Was kann ich für Sie tun, Padre?

– Die Absolution erteilen, Herr Dimauro. Lassen Sie mich kurz telefonieren, damit wir schnell zur Sache kommen können.

Dimauro wies mir den Apparat auf seinem Schreibtisch.

Ich wählte Hinnerks Nummer und bat ihn, Carmello ans Telefon zu holen. Schon bei seinem Namen hielt es Dimauro nicht mehr im Stuhl.

– Carmello, ich stehe bei deinem Vater im Büro. Es würde mir meinen Job unendlich leichter machen, wenn seine Leute aufhören könnten, mir den Kopf wegzuschießen. Könntest du ihm bitte mal bestätigen, dass ich dich mehrfach aus der Scheiße geholt und dein Leben gerettet habe.

Dann drückte ich den Raumlautsprecher des Telefons.

– Sono io, Carmello, babbo, begann er seine kurzen Ausführungen.

Nachdem gesagt worden war, worum ich ihn gebeten hatte, beendete ich das Gespräch.

– Den Rest der familiären Auseinandersetzung macht ihr selber ab.

Resigniert, mit hängenden Schultern saß Dimauro da.

– Hallo Signore, sagte ich, er lebt, ist gesund und in Sicherheit. Das ist eine gute Nachricht. Aber jetzt hören Sie sich mal meine Geschichte an.

Ich begann zu erzählen. Zwischendrin brachte uns Sabatino Kaffee und Wasser. Er klopfte mir kumpelhaft auf die Schultern. Aber bis ich diesem Verräter wieder einen freundlichen Blick schenkte, musste noch deutlich mehr passieren. Es stimmte mich mehr als zuversichtlich, dass Dimauro einen feinen Grappa orderte und mich wie einen Bruder umarmte. Ich durfte also hoffen, dass die Vendetta gegen mich aufgehoben war. Bedauernd schüttelte Dimauro den Kopf.

– Wie soll ich Ihnen das erklären? Wir arbeiten hier vollkommen unabhängig. Unsere Geschäfte sind bis ins Detail legal und sauber. Das ist das Prinzip. Wenn jemand von Italien aus losgeschickt wird, auch wenn es darum geht, uns hier zu helfen, dann handeln diese Personen auf eigene Faust. Wir haben keinerlei Einfluss auf irgendjemand. Wir wissen noch nicht einmal, um wen es sich handelt.

Ich setzte den anmutigen Grappakelch krachend aufs Rauchglas.

– Dann bemühen Sie Ihren heißen Draht oder was Ihnen sonst zur Verfügung stehen mag. Keiner kann ein Interesse daran haben, dass ich mit meinen Erkenntnissen hausieren gehe, um das abzustellen.

Ich hatte den Eindruck, tauben Ohren zu predigen. Als ich meine Kutte raffte und ging, war die Verabschiedung durch die Herren sentimental und tränenselig, als sei ihnen das Bedauern über meinen unglücklichen Tod schon ins Gesicht geschrieben. *Ave Cäsar, moriturus te salutat!*

39

Auf dem Weg zu meinem Laden fiel mir ein, dass ich dringend mit Julius knutschen musste. Der arme Kerl konnte seit einiger Zeit nicht mehr kapieren, was eigentlich gespielt wurde. Das ganze Ausmaß seiner Angst wurde mir klar, als ich den Hinterhof betreten wollte. Die Tür war abgeschlossen. Ich klingelte, und Julius meldete sich über die Sprechanlage.

– Endlich, sagte er. Ich habe ziemlich lange auf dich gewartet. Wo warst du eigentlich?

Julius hauste inzwischen wie ein Maulwurf. Die Fenster waren verrammelt, und seine Tür war abgesperrt. Ich öffnete sämtliche Luken nach draußen und gab ihm einen kurzen Bericht, in einer für ihn und sein Nervenkostüm verträglichen Form. Das reichte, um ihm deutlich zu machen, dass zwar die Russen auf die Italiener und umgekehrt einschlugen, dass aber niemand ihn auf der Rechnung hatte. Julius atmete tief durch und schien einer schweren Last ledig. Erst jetzt betrachtete er mich genauer.

– Was haben sie eigentlich mit dir angestellt und warum trägst du eine Kutte?

– Pscht, machte ich. Lassen wir das. Halten wir einfach fest, dass du aus der Sache raus bist.

Julius sah mich zweifelnd an.

– Hast du ein Telefonbuch für mich?

– Was brauchst du?

– *Rocket Records*. Die Adresse.

Julius' Keyboard klapperte.

– Dachauer Straße 671. Das ist jwd. Offenbar Höhe MAN.

– Ach du Scheiße. So eine miese Adresse.

Bevor Julius Fragen stellen konnte, legte ich noch mal den Finger auf den Mund und verabschiedete mich.

40

Die Dachauer Straße bezeichnet den Weg, den der Dachauer Bauer nehmen musste, um seine Kartoffeln schnurgerade in die Münchner Innenstadt zum Viktualienmarkt zu karren. Heute fährt man wie auf einem amerikanischen Boulevard Kilometer um Kilometer dahin und kann sich an den links und rechts aufgereihten Einkaufszentren und Tankstellen erfreuen. Kurz vor Karlsfeld verändert die Dachauer ihren Namen in Münchner Straße. Nun hat der Gegenverkehr mit seinen Orientierungswünschen die Oberhand gewonnen. An dieser Nahtstelle sind die beiden Münchner Industrieschmuckstücke MAN und *mtu* angesiedelt, in denen seit fast einem Jahrhundert mit Erfolg Kriegsgerät für aller Herren Länder gefertigt wird. Ich parkte meinen Bus und wollte den Rest zu Fuß gehen. Jeder Ordensmann mit Ausnahme von Pater Leppich würde in dem angegammelten Gefährt wie ein bunter Hund wirken. Ich stellte den Wagen ein wenig ins Gebüsch, steckte den Totschläger, sicherheitshalber auch die Hundegerte in die Kutte und marschierte los.

Schon bald war ich in einem Gequirle von Mädchen, die in großen Gruppen, singend und tanzend, in meiner Richtung gingen. Der Karlsfelder, der sich mit seinen Häuschen links und rechts der großen Straße angesiedelt hat, war, so schien es, ein sangesfreudiger Menschenschlag, der noch dazu einen beträchtlichen Frauenüberschuss produziert hatte. Die Mädels waren alle ziemlich aufgebrezelt. Von Lolitas zu sprechen, wäre unpassend und veraltet, wo wir doch kurz vor der Erfindung des *Wonderbras* für Kindergartenkinder stehen. Manche von ihnen vollführten auf dem Gehsteig synchrone Tanzschritte, zu dritt oder zu viert, vorwärts, rückwärts wiegend, dann ein rascher Schritt nach vorn und mit ausgestreckter Hand in das Publikum zeigend, das noch nicht versammelt war. Die meisten sangen mit dünnen hohen Stimmchen dazu, ein Girlie-Gedüse, bei dem einer wie ich keinen charakteristischen Unterschied mehr ausmachen konnte. Aber sie alle hatten diesen ekstatisch schräg nach oben gerichteten Blick, den schon meine Kollegin Theresia von Ávila vom Orden der Unbeschuhten Karmeliterinnen vor vierhundert Jahren drauf hatte.

Je näher ich an die gesuchte Adresse herankam, desto seltsamer mutete das Treiben an. Eine Mädchendemo? Ein Straßenfest für kleine Schwestern? Das Chill-Out für Teenies? Das Rätsel löste sich, als ich ein Plakat bemerkte, das an einem Zaun befestigt war:

Audition! Hast du Stimme, kannst du tanzen, bist du hübsch? Dann präsentiere uns deinen Song. Wir machen was aus dir!

Das Ganze war eine Aktion von *Rocket Records*. Jede in dieser tänzelnden Pilgerschar war also von der Hoffnung getrieben, ein Star zu werden. Der Flachbau von *Rocket Records* hatte dem Aussehen nach einmal als Bunker gedient und war von einem soliden Zaun umgeben. Dort in der Nähe des Eingangs, wo sich die Mädchengruppen stauten, schien die Stimmung gekippt zu sein. Missmutig die einen, Tränen zerdrückend die anderen, aber alle extrem abgeturnt. Die meisten setzten sich auf den Boden, begannen zu rauchen oder warteten darauf, dass irgendwie irgendwas doch noch passieren würde, denn das Plakat, das am Eingang hing, war mit einem großen roten *Entfällt!* überklebt.

Jetzt taten sie mir Leid, und ich schämte mich für die Bösartigkeiten, die mir durch den Kopf gegangen waren. Schließlich hatte auch ich mir einst eine Gitarre gekauft, sie an das

Röhrenradio gehängt und so lange *Seven Golden Daffodils* am offenen Fenster geübt, bis eine Delegation der durchaus wohlmeinenden Nachbarschaft meine Eltern auf Knien und unter Tränen um die Einrichtung eines schalldichten Kellerraums bat. Man hätte mir damals schon klar machen können, dass ich die melodische Begabung eines mondsüchtigen Kettenhunds und das Rhythmusgefühl eines Ochsen hatte. Aber ich musste mich bis zum *Glamrock* durchfretten, bis meinem entnervten Kogitarristen der Geduldsfaden riss und er mich ziemlich rabiat darauf hinwies, dass ich immer nur die Hälfte der Töne spielte. Und ich hatte das noch nicht mal gehört. Nach einer kurzen und heftigen Zweitkarriere als Dreiakkord-Punker hatte ich dann meine orangefarbene *Höfner* endgültig in den Schrank gestellt. Von solch einer Verirrung waren die meisten dieser Mädels noch weit entfernt, und man musste vielleicht nur ein wenig Geduld mit ihnen haben. Im Übrigen waren diese Rattenfänger im Bunker diejenigen, denen man auf die Zehen treten musste. Sie waren es schließlich, unter deren gewalttätigem Einfluss aus hochgesteckten Hoffnungen verkrüppelte Karrieren wie die von Sascha, Pia und anderen wurden. Genau deswegen war ich ja da, ich musste mir nur noch Zutritt verschaffen.

Ich ging am Zaun entlang um den Bunker herum. Dorthinein ins Unterholz hatte sich keines der hübsch gemachten Mädchen getraut. Wer wollte sich schon das Outfit versauen? Der Mönch hingegen ist auch ein Mann der Arbeit, und ein paar Kletten am Wams tun nicht weh. Auf der Rückseite fand ich einen kleinen Auslass, ein Gartentürchen, das zwar gut verschlossen war, aber nur mit einem hüfthohen

Gitter, so dass ich es mit einer Kapuzinerflanke leicht überwinden konnte.

Ich stand in einem feucht-modrigen, dunklen Garten, in dem Gerät, Holz und sonstiger Müll vor sich hin schimmelte. Was mir zugute kam, war, dass man hinten keinerlei Fenster in den Stahlbeton des Bunkers geschnitten hatte. Eine glitschige Treppe führte hinunter in den Keller. Mücken flogen auf und schwirrten um mich herum. Den Kellereingang bildete eine efeubewachsene Holztür, die keinen besonders stabilen Eindruck machte. Ich gab ihr einen Tritt, und sie kippte nach innen. Der Weg war frei.

Die Kellerräume waren fast unbenutzt. Von der niedrigen Decke hingen Spinnweben und Staubfäden, außer ein paar alten Autoreifen und Stühlen mit gebrochenen Lehnen oder Füßen wies nichts auf die Bewohner hin. Ich stieg Steintreppen zum Erdgeschoss empor. An der Tür dort lauschte ich zunächst. Nichts war zu hören. Also drückte ich sacht die Klinke und stand in einem Empfangsraum. Auch dort war niemand.

Der Raum war die Scheußlichkeit eines Gestalters, dessen Hirn unter dem Dauerbeschuss von Speed und Alkohol nur noch Kontrastflächen für vorüberhuschende weiße Delirmäuse ersinnen konnte. Der Teppichboden war satt lila, und die Empfangstheke mit ihrem roten Hochglanzverschlag mutete wie das Gestänge eines abgestürzten und anschließend ausgebrannten Shuttles an, das sich durch das Fenster hindurch in die gegenüberliegende Wand gebohrt hatte. Dass die Assoziation dem entsprach, worum es dem Einrichter zu tun war, verstand man spätestens dann, wenn man den in roten Plastiklettern luftig montierten Schriftzug *Rocket Records* las. Mir wurde ganz schwindlig in diesem Raum.

Eine ebenfalls lila belegte Treppe führte nach oben. Dort hörte ich eine Männerstimme, mal keifend, mal greinend. Ich pirschte mich vorsichtig hoch. Da stand ein Mann, wie ich keinem je begegnet war.

41

Seit dem Elefantenmenschen aus dem Film habe ich keinen ähnlichen Ausbund an Hässlichkeit mehr gesehen. Was dieser armen Sau zugestoßen war, lag auf der Hand: Motorradunfall ohne Helm. Der ganze Kopf zu Brei. Das Gesicht mutete an, als habe man bei den zusammengenähten Lappen Teile von Fremdfleisch verwendet, die da gar nicht mit hinein gehörten. Auf dem Kopf trug er eine struppige blonde Perücke. Dazu war er über die Maßen fett. Wo normalerweise die Brustmuskulatur sitzt, hingen bei ihm zwei Lappen ab. Infolge der aufgeregten Töne, die aus ihm heraus schwallten, wogte seine Fettschürze. Er trug ein Baseballshirt in den Stoffdimensionen eines Viermannzelts und eine Art Trainingshose aus schwarzem Satin.

Ich weiß nicht, wie lange ich ihn beobachtete. Diese Gestalt und diese Fresse versetzten mich in einen Schockzustand. Zu meinem Glück war er so mit sich und seinem Telefonpartner beschäftigt, dass er mich nicht sah.

– Das kann doch *Gottverdammich* nicht sein, dass keiner von den Typen aufzutreiben ist. Da draußen vorm Tor drängt sich das Frischfleisch, und keiner von den Komikern ist hier aufgekreuzt. Jetzt belagern sie das Haus, und ich kann mir noch nicht einmal mehr eine Pizza kommen lassen.

Er schob die Perücke wie eine Mütze nach hinten und kratzte sich die Plätte.

– Soll ich dir mal sagen, was ich gemacht habe? Ich habe das Ding abgeblasen. Wie soll ich das denn durchziehen? Normal ist, dass ich hier eine Mieze für den Empfang kriege, dass hier alles nach normaler Firma aussieht und dass *Gottverdammich* die Herren Juroren vorbeischauen, die sich ja dann auch die Mädels abgreifen wollen. Du hebst jetzt deinen faulen Arsch und schaffst mir Boris bei. Ich will ihn hier bei mir am Telefon haben und hören, warum das Ding derartig gegen die Wand gefahren werden musste. Klar?

Er warf den Hörer auf die Gabel und ließ sich in eine Art Bürostuhl mit Rollen plumpsen. Eine Sonderanfertigung. Jetzt bemerkte er mich und wollte wieder hoch, aber so schnell ging das bei ihm nicht. Es blieb beim Versuch, und er ließ sich wieder nach unten fallen. Nun wurde er frech.

– Was issen das für eine Nummer, die du hier abziehst? Fasching oder was? Oder machst du auf Edgar Wallace oder so?

Was ich von ihm gehört hatte, war arschig genug, um jedes Mitleid sofort ad acta zu legen. Ich zog die Hundegerte aus dem Ärmel.

– Du hältst jetzt die Schnauze und gibst mir nur höfliche Antworten, wenn du gefragt wirst, sonst vertrimm ich dir den Pansen. Ist das da oben angekommen, oder sieht es bei dir innen genau so beschissen wie außen aus?

Er wurde bleich. Dann stieß er sich erstaunlich behände auf seinem Stuhl nach hinten ab und rollte auf sein Telefon zu. Er hatte schon die Hand ausgefahren, da war ich bereits neben ihm und zog ihm eins über die Pfote. Er presste sie sofort an den Mund und begann jammernd daran zu saugen, um sie zu kühlen.

– Boris wer?

Verstockt schaute er auf. Ich holte noch einmal aus.

– Zakow, antwortete er.

– Ist was?

– Der Boss hier.

– Und steckt wo?

Jetzt schwallte wieder die Empörung aus ihm heraus.

– Das wüsste ich doch gern! *Gottverdammich*!

– Sag nicht so was, wenn du einen in Kutte vor dir hast. Mit wem wolltest du sprechen?

Wieder schwieg er, wieder machte ich eine Andeutung, mit meiner Gerte zuzuhauen.

– Mit jemandem von der *Oase*.

– Kannst du knicken. Wurde gestern abgefackelt. Gibt es nicht mehr.

– Was seid ihr denn für Brüder?

– So eine Art *Opus Dei*. Das Ungeziefer wird ausgerottet. Also Boris ist verschwunden?

Er nickte.

– Ihr wolltet hier gemeinsam Minderjährige verführen?

Aus Empörung riss es ihn nun doch wieder ein wenig aus seinem Spezialstuhl hoch.

– He, jetzt mach mal einen Punkt, ja! Das ist absolut nicht mein Ding.

– Sondern?

– Sound Engineer.

– Das heißt?

– Guck dir die Mädels doch an! Sehen hübsch aus, haben aber null Stimme und auch sonst kein Feeling. Also löte ich die paar brauchbaren Phrasen zusammen und mache einen richtigen Song daraus. Anschließend knipsen wir noch ein paar hübsche Fotos fürs Cover, und sie dürfen draußen als Stars posieren...

– ...bis sie ohne einen Cent im Puff landen.

Er zog eine beleidigte Schnute.

– Ich mache hier nur meine Arbeit und die ziemlich gut.

– Das, lieber Freund, schaue ich mir lieber erst mal an, bevor ich dir glaube.

Ich öffnete die Schubladen des Schreibtischs, fand aber nirgendwo ein Stück Schnur.

– Tut mir Leid, aber das Ding hält an dir auch so.

Mit diesen Worten zog ich ihm die Kordel aus seiner Trainingshose und band ihm die Hände hinter der Stuhllehne zusammen. Wenn er abhauen wollte, musste er die Treppe hinunter fahren. Spätestens da würde sich der Fleischberg alle Knochen brechen.

42

Hinter dem Büro des Dicken befand sich das Studio. Eine kleine Bühne mit Mikrofonen war aufgebaut. Davor standen einige Stühle, wahrscheinlich für die Juroren. Hinter einer großen getönten Scheibe, durch die man vom Studio aus nicht hindurch sehen konnte, war der Technikraum. Das Reich des Dicken war vollkommen fensterlos, so dass es wie in einer feuchten Tennissocke roch. Das Mischpult hatte die Dimensionen eines französischen Doppelbetts, daneben und darüber türmten sich Bandmaschinen, elektronische Aufnahmestationen und Computermonitore. In einen mülltonnengroßen Papierkorb waren Pizzaschachteln und Schokoriegel-Hüllen gestopft. Jeder freie Zentimeter des Raums war mit Fotos zugepinnt. *Danke Peter! Superarbeit!* war auf die Fotos gekrakelt. Auf einen Zinnteller war *World Class Producer Peter Stoltzenburg* graviert. Er hatte mir also die Wahrheit gesagt, er war der Technikknecht, eine Frank Farian-Type, der aus Scheiße Gold machte, ein wabbeliges Weichtier in seinem Apparatebau.

Ich öffnete den Blechschrank an der Hinterwand. Säuberlich nebeneinander sortiert waren mobile Festplatten mit den Projekten gestapelt, die er abgewickelt hatte. Ich musste gar nicht lange suchen: Unter S war Sister Sox I–III aufgereiht. Ich sah noch einmal die Fotos durch und wurde bald fündig: Pia, eine Kusshand andeutend, war abgebildet. *Bussi, Peter!* hatte sie darunter geschrieben. Diese Vorstellung wollte ich bei mir erst gar nicht wirken lassen, sie war eklig, außer vielleicht für Hexen, die mit dem Arsch des Teufels poussieren. Trotzdem hieß Pias Gruß zumindest so viel, dass der Mann sein Metier beherrschte. Ich riss das Foto ab.

Als ich das kleine Büro wieder betrat, saß der Dicke mit dem Rücken zu mir.

– Hallo Peter, sagte ich.

Er drehte sich sofort um. Seine Identität war also zweifelsfrei geklärt. Ich hielt ihm das Foto vor.

– Wann hast du sie zuletzt gesehen?

Ein Lächeln huschte über seine zerklüftete Fresse.

– Oh, Pia. Ziemlich genau vor einem dreiviertel Jahr haben wir die letzte CD aufgenommen. Seither habe ich sie nicht mehr gesehen.

– Und was gibt es da zu grienen?

– Pia war richtig gut. Ein Supertalent. Ich würde gern wieder mit ihr arbeiten.

– Kannst du vergessen.

– Was hast du denn da mitzureden?

– Sie ist meine Nichte. Und jetzt ist sie verschwunden. Ihr habt sie durch die Mühle gedreht, kaputt gemacht. Sieh dich mal im Spiegel an, dann weißt du, wie es in ihr drinnen aussieht. Wenn sie überhaupt noch lebt.

Stoltzenburg schwieg. Er leckte sich die Lippen.

– Wo finde ich Zakow? Wo wohnt er?

Stoltzenburg schwieg immer noch. Sein Blick war unverwandt auf die Tür gerichtet. Wenn ich richtig darin las, würde ich gleich Probleme bekommen. Ich beugte mich nach vorne, fasste seinen Drehstuhl an den Armlehnen, riss ihn herum und wuchtete ihn Richtung Tür. Der Stuhl beschleunigte auf dem glatten Parkett und traf den in der Tür stehenden Mann. Mit einem derartigen Geschoss hatte der nicht gerechnet, er stürzte, und der Koloss begrub ihn unter sich. Jetzt bemerkte ich, dass er einen Baseballschläger in Händen gehalten hatte. Ich kickte ihn weg. *Grazie Peter!* stand darauf. So etwas Ähnliches hatte ich auch sagen wollen.

Ich griff unter die Kutte und holte meinen Totschläger hervor, mit einer Hundegerte war es nun nicht mehr getan. Der Unbekannte jaulte und schrie, verständlich, er lag wie unter einem Fels begraben. Mit dem über der Nasenwurzel beginnenden Haaransatz, seinem schwarzen Polyesterzweireiher und der Lederkrawatte sah er aus wie ein Primat im Konfirmationsanzug. Ich zerrte Peter von ihm herunter. Der Primat sprang auf und funkelte mich böse aus seinen braunen Augen an. Vorsichtshalber gab ich ihm einen Stoß in die Rippen, um meine Entschlossenheit klar zu machen.

– Heb ihn auf!

Ich deutete auf Peter. Der Primat im Anzug bückte sich und zerrte an ihm, aber da bewegte sich nichts. Peter lag mit seinem Drehstuhl da wie ein umgekippter Lastwagen im Straßengraben. Konnte mir eigentlich auch egal sein, er hatte es billigend in Kauf genommen, dass mir sein Kollege eins mit dem Baseballschläger überziehen wollte. Außerdem war Peter auch in Seitenlage noch ansprechbar. Ich tippte ihn mit dem Totschläger an.

– Also Peter, wo lebt Boris Zakow?
– Grünwald.
– Straße?

– Weiß nicht. Schau doch im Telefonbuch nach.

Mein Gott, ja, auf diese Idee hätte ich auch schon früher kommen können.

– Und du, wer bist du?

Der Konfirmationsprimat schüttelte nur den Kopf.

– Lass ihn, sagte Peter an seiner Stelle, er versteht dich nicht. Es sei denn, du redest russisch mit ihm.

– Und wer ist er?

– Iwan.

– Soll das ein Scherz sein?

– Ist doch egal. Wir nennen ihn eben so. Iwan macht den Technikaufbau bei Auditions.

Iwan hatte sich auf den Schreibtisch gesetzt. Was mich geradezu elektrisierte, war eine Tätowierung, die auf seiner Wade hervorlugte. Es war eine Schlange. Ich öffnete seine Krawatte und zog sie ihm mit einem Ruck aus dem Kragen. Dann band ich ihn aufrecht stehend am Fenster fest. Ich hatte noch was vor mit ihm.

– Was wird denn das jetzt, fragte Peter.

– Schlangenmafia, oder wie nennt man euch?

Peter schwieg verbissen. Ich trat an Iwan heran, öffnete seinen Gürtel und zog ihm die Hosen herunter. Sein Hemd lupfte ich mit dem Totschläger. Aber der Rüssel, der aus dem haarigen Gewölle rausguckte, war komplett weiß.

43

Als ich die Treppe hinunter stieg, wurde mir bewusst, wie gruslig die Atmosphäre in diesem Studiobunker war. Eine leblose Traumruine. Genau genommen gab es hier drinnen nichts, was irgendwie faszinierend war. Das und die beiden Zombies da oben, so dachte ich, könnten für die Mädels draußen eine wirklich interessante Erfahrung sein. Ich ging daher nicht zum Hinterausgang hinaus, sondern beschloss, einen Tag der offenen Tür zu veranstalten. Ich machte die Vordertür und das vergitterte Tor auf und sagte dem verbliebenen Häuflein, sie könnten ruhig hinein und sich mal alles in Ruhe angucken. Nur zögerlich wagten sich einige vor, schließlich verschwanden sie doch nacheinander im Studiobunker. Eigentlich war nun für alle gesorgt, und ich machte mich wieder in die Innenstadt auf.

Ich hielt es für zu gefährlich, direkt an meinem Laden vorzufahren und parkte daher den Bus in der Zenettistraße. Ich ging zu Fuß und lugte in die Fleischerstraße hinein. Alles sah ruhig und normal aus. Da bemerkte ich Rübl, der an die Scheibe eines parkenden Autos klopfte.

– Garageneinfahrt, hörte ich ihn sagen, nix parken.

Die Antwort war unverständlich, aber italienisch. Das reichte mir. Ich machte auf dem Absatz kehrt. Die italienischen Hitmen von der Kriegsabteilung waren mir immer noch auf der Spur. Dimauro hatte es nicht geschafft, sie abzubestellen. Meine Verkleidung hatte sich inzwischen vermutlich herumgesprochen. Ich wollte wieder in normale

Klamotten zurück. Aber wie? Und Abend wurde es auch, ich hatte Hunger und musste irgendwo schlafen.

Im Grunde genommen hatte ich gar nicht lange zu überlegen. Was einem auf dieser Welt widerfährt, sagt die Broschüre des Dalai-Lama-Tests, wiederholt sich so lange, bis man die Aufgabe zufrieden stellend lösen kann. Das leuchtete mir ein, denn sicher war ich in einem früheren Leben mal ein geldgieriges Schwein gewesen, bis ich es geschafft hatte, zum stolzen Tiger aufzusteigen. Auf die konkrete Situation angewendet hieß das, dass eine Wiederholung des ersten Abends fällig war, an dem dieses ganze Desaster begonnen hatte: Ich fuhr Richtung Schinderbrücke und wusste meinen Schlafsack im Bus. Allerdings machte ich zunächst in der Nähe des Hauptquartiers der Johanniter Halt. Hier ist eine Box für Altkleider aufgestellt. Vieles wird dort besonders gut gewaschen und gebügelt abgelegt. Bald hatte ich mir eine brauchbare Jeans und ein Sweatshirt geangelt. Grünweiß mit dem englischen Jagdmotiv auffliegender Enten vorne auf der Brust. Das trägt man schon lange nicht mehr, war aber egal, ich hatte schon arschiger ausgesehen. Ich klemmte mir das neu erworbene Kleiderbündel unter den Arm, ging zum Bus zurück und fuhr zur Schinderbrücke.

Es wurde Abend, als ich mit meinem Schlafsack und meinen Kleidern den Flauchersteg überquerte. Ich stieg zur Isar hinunter und setzte mich auf einen Stein. Weiter hinten saß Onkel Tom auf einem angeschwemmten Baumstamm. Er winkte mir zu. Er schien stocknüchtern, was ein deutlicher Fortschritt war. Zunächst wollte ich kurz innehalten, einfach mal nichts tun und nichts denken. Da kam eine Familie, Vati,

Mutti und drei Kinder mit großer Strandausrüstung. Vati hatte wahrscheinlich länger als geplant gearbeitet, aber die Kinder und Mutti wollten trotzdem noch, wenigstens kurz, an die Isar zum Baden. So ähnlich musste es gewesen sein, jedenfalls waren sie nicht wirklich glücklich, sie taten alle nur so. Mutti wollte ein gutes Beispiel geben, zog ihr beiges Leinenkleid über den Kopf, den einteiligen Badeanzug hatte sie bereits an, und ging zum Ufer. Ihre drei Kinder hatten sich auf einer Wolldecke niedergelassen. Von dort aus guckten sie immer wieder zu mir hinüber, wahrscheinlich um herauszubekommen, wie ich das finde. Mutti spielte ihre Rolle perfekt. Langsam ging sie ins Wasser, drehte sich aber immer wieder um und winkte. Man sah nicht nur, dass das Wasser arschkalt war, ich wusste das. Die Isar ist dauernd arschkalt, sie kommt schließlich aus dem Karwendelgebirge und wird auf ihrem Weg nach München nur unwesentlich wärmer. Alle Dellen an Muttis Oberschenkeln wurden glatt gezogen, an den Armen bekam sie Gänsehaut. So quälte sie sich hinein. Als sie drin war, schwamm sie mit so kurzen, hektischen Bewegungen im Kreis, als sei sie in ein Eiswürfelbassin geraten.

– Ist das schön! Kinder, ist das schön hier drinnen, rief sie unentwegt.

Wieder guckten die Kinder zu mir hinüber. Ich schüttelte den Kopf.

– Kommt doch rein.

Aber viele Kinder sind nicht so doof, wie manche Erwachsene denken, und fallen nicht auf jeden Scheiß rein. Ich packte mein Bündel und ging.

In mir rumorte ein Schweinehunger. Richtung Tierparkbrücke war eine größere Gesellschaft auf Bierbänken beisammen. Auf drei Grills wurden Würste und Fleischstücke gebraten. Hier war ich richtig.

– Grüß Gott, sagte ich und klopfte dazu auf den Biertisch.
– Guten Abend, Herr Pater.

Man bot mir einen Platz an. Ich stellte mich als den Isarmönch vor, berufen vom Erzbistum München und Freising, um an den prekären Sommerabenden nach dem Rechten zu sehen und gegebenenfalls Beistand zu leisten. Das leuchtete ein. Einer ergänzte, es gebe ja auch Militärpfarrer. Bald hatte ich einen schönen Teller mit gemischtem Gegrillten und Kartoffelsalat vor mir. Auch ein Fläschchen Bier nahm ich dankend an. Wenn man keine formalen Schnitzer macht, ist mit dem Münchner gut umgehen. Man fordert besser nichts, sonst wird er grantig, stattdessen überlässt man ihm die Initiative, nimmt aber alles Angebotene dankend an und genießt. Als es dunkel geworden war, verabschiedete ich mich und verschwand im Gebüsch. Dort rollte ich mich in meinen Schlafsack und schlief sofort ein.

44

Am Morgen tat ich es Mutti gleich und warf mich in die Isar. Wenn man nicht dauernd *Hach, ist das schön!* dazu rufen musste, sondern auf Walross machen konnte, war Hygiene und Kreislauf gleichermaßen damit gedient. Dann schlüpfte ich zum ersten Mal in meinem Leben in eine Jeans mit Bügelfalte und streifte das Entenhemd über. Beim Fleischpflanzerlmann holte ich mir wieder einen Becher Kaffee. Er erinnerte sich an mich und wollte mir ein Hörnchen dazu reichen. Das aber lehnte ich ab und nahm lieber gleich eine Semmel mit Fleischklops. Man müpfelt zwar bei derart exzessivem Fleischgenuss, aber für einen Mann auf Kriegspfad ist das durchaus angängig. Dann kutschierte ich nach Grünwald hoch. Diesmal fuhr ich direkt in der Dr.-Friedl-Straße vor.

Das Gartentor war offen. Ich ging nach hinten zur Terrasse und hörte schon von weitem eine ziemlich unangenehme Stimme. Iris saß wie ein Schulkind auf dem Gartenstuhl, das Handtäschchen auf den Knien. Es versetzte mir immer wieder einen Stich, wenn ich ihre zerknitterte Nikotinhaut und ihren wässrigen Säuferblick sah. Erleichtert registrierte sie, dass ich eingetroffen war.

– Endlich bist du da!

Ihr Gegenüber war ein widerlicher Schmiero, der seine Tränensäcke hinter einer überdimensionierten, getönten Pilotenbrille versteckte und seine Glatze unter einer Perücke im Stile des frühen Harry Wijnvoord, als er noch Pfannen verkaufte. Sein taubenblaues Hemd war weit offen und wies unter den Achseln bereits die ersten dunklen Flecke auf.

– Wer sind Sie denn, schnarrte er mich an.

– Der Onkel, erwiderte ich kurz angebunden.

Der Hausverwalter scannte mich von oben bis unten.

– Aber Geld haben Sie ooch keenes.

Ich zog einen Stuhl zu mir heran und setzte mich. Iris neben mir tupfte schon wieder an ihren Augen herum.

– Wissen Sie, Herr...?

– Knölling!

– ...Herr Knölling, ich habe eine ziemlich schwere Zeit hinter mir. Wie Sie sehen, habe ich ordentlich eins in die Fresse bekommen, habe aber in den letzten Tagen einer ganzen Reihe von Leuten, die es nötig hatten, gehörig die Hucke vertrimmt. Was ich sagen will: Ich bin leicht reizbar und werde schnell gewalttätig.

Knölling versuchte ein Lachen von Kumpel zu Kumpel. Deswegen setzte ich gleich noch einen drauf.

– Also würde ich vorschlagen, dass Sie mir freundlich und mit höflichem Respekt begegnen, sonst stopfe ich Ihnen mit Ihrer Perücke das Maul.

Knölling schob seinen Stuhl etwas zurück.

– Also Herr Knölling, wo ist das Problem?

Knölling kramte in seiner Aktentasche und zog eine Kostenaufstellung heraus.

– Drei Monatsmieten stehen aus. Außerdem ist die Wohnung in einem fürchterlichen Zustand und muss renoviert werden.

Ich überflog das Blatt. Bei der Miete ging es um eine Summe von ungefähr siebentausend Euro.

– Sicher wurde doch bei Einzug eine Kaution gestellt.

– Ja, antwortete Knölling. Zwei Monatsmieten.

– Dann haben wir das Problem der Renovierung doch schon abgehakt, das Geld hätten Sie doch ohnehin einbehalten.

Knölling zuckte die Achseln.

- Und was den Mietrückstand angeht, schlage ich vor, wir gehen einfach mal nach drinnen und sehen uns beim Mobiliar um.

Wir gingen hinein. Ich wusste ja, dass Pia jede Menge teurer Möbel angeschafft hatte. Um Knölling gleich herunterzubremsen, sagte ich, dass ich Antiquitätenhändler sei und eine ganze Menge vom Wert eines Mobiliars verstünde. Wir schauten von Zimmer zu Zimmer, dann hatten wir genügend Stücke gefunden, mit denen sich das finanzielle Loch stopfen ließ.

- Dann können wir gleich eine Vereinbarung dazu aufsetzen, schlug ich vor.

Wir setzten uns wieder an den Gartentisch, und Knölling schrieb ein Papier, das er uns vorlas.

- Das kannst du unterschreiben, sagte ich zu Iris.
- Der Rest hier wird bis zum fünfzehnten dieses Monats ausgeräumt.

Wir verabschiedeten uns, und der Fall war erledigt.

- Gossec, rief mir Iris nach.

Ich drehte mich noch einmal um. Sie kam auf mich zu und küsste mich auf die Wange.

- Ich wollte mich nur bedanken.
- Schon gut.
- Glaubst du, dass du Pia noch finden kannst?
- Iris, ich versuche es. Wirklich.

Iris sah an mir hoch und lächelte.

- Ich weiß. Wenn einer das schafft, dann du.

Nur Eingeweihte konnten bemerken, dass sich hinter mir

ein Chor halbnackiger Engelein mit Fiedeln und Flöten zusammengefunden hatte, die mit ihren silbrig hellen Stimmchen in süßen Weisen alle guten Menschen hienieden priesen.

45

Ich fuhr mit dem Bus zu meiner Lieblingstelefonzelle in Grünwald und machte im Telefonbuch Zakows Adresse ausfindig. Ärgerlich war, dass ich da nicht selber draufgekommen war. Hoffentlich war es noch nicht zu spät.

Zakows Haus lag direkt an der Eierwiese. Ich schaute über die Hecke. Das Gras war kurz geschnitten, eine gepflasterte Auffahrt führte zur Garage. Alles schien ruhig. Ich wollte schon über das Tor klettern, da bemerkte ich, dass es offen war. Die Garage stand leer, offenbar war niemand da. Zur Sicherheit umrundete ich das Haus. So weit man das durch die Fenster sehen konnte, waren die Räume nur notdürftig eingerichtet. So lebte einer, der immer auf dem Sprung war. Durch einen vergitterten Lichtschacht bemerkte ich einen kleinen Raum im Keller, dessen Fensterscheiben eingeschlagen waren. Ich legte mich auf den Boden, um Genaueres auszumachen. In dem Raum befanden sich eine Couch, ein Schrank sowie Tisch und Stuhl. Die Anmutung einer Zelle. Ich schattete mit beiden Händen das Sonnenlicht ab, um Details zu erkennen. Auf der Couch lag ein zerknittertes Leintuch, davor standen rote Turnschuhe. Ich dachte sofort an Pia.

Ich musste mir unbedingt Zutritt zum Haus verschaffen.

Da ich nichts Verdächtiges bemerkte, testete ich, ob die Haustür offen war. Treffer! Ich betrat die Wohnung, ging zum Wohnzimmer und lugte hinein. Den dort stehenden Schreibtisch wollte ich genauer unter die Lupe nehmen. Da hörte ich hinter mir Schritte.

– Peng, peng, peng!

Diese Stimme war mir wohlbekannt. Dorst trat hinter der Tür hervor, wie immer mit Bungert im Schlepptau. Ich versuchte, in Geistesgegenwart zu machen.

– Endlich! Ich wusste ja, dass ich Sie hier finden würde.

Dorst lachte scheppernd. Er tippte auf meine Entenbrust.

– Alle Entlein fliegen hoch! Sauguter Witz, aber ich würde eher sagen: Ertappt, Gossec. Auf frischer Tat.

– Blödsinn. Ich komme gerade von einem Termin mit der Hausverwaltung in der Dr.-Friedl-Straße. Da habe ich Ihren BMW stehen sehen...

Ich versuchte einen Schuss ins Blaue, irgendwo musste das Ding ja stehen.

– Wo hast du die Kiste abgestellt, bellte Dorst nach hinten.

– Hundert Meter von hier.

Bungert war ganz kleinlaut.

– Mit so einer Niete wie dir herumziehen zu müssen, das ist *weiß Gott!* eine harte Prüfung.

Dorst kickte einen imaginären Stein durchs Zimmer. Dann hob er seinen Blick und fixierte mich mit einem harten, unbarmherzigen Zug um den Mund.

– Aber das ist mir jetzt auch scheißegal, Gossec. Belastungsmomente gibt es trotzdem mehr als genug. Wir nehmen Sie mit und buchten Sie ein. Schluss, aus, Äpfel, Amen!

Bungert zerrte Handschellen aus seinem Gürtel und legte sie mir an. So kam ich zu einer Freifahrt in die Innenstadt. Direkt in das Präsidium Ettstraße, das nur einige Molotowcocktailwürfe vom Dom entfernt liegt.

46

Diesmal machten sie ernst. Ich wurde zunächst einmal erkennungsdienstlich behandelt. Dann wurde ich in ein Vernehmungszimmer geführt. Dorst nahm mir gegenüber auf der anderen Seite des Schreibtischs Platz und warf eine Mappe auf den Tisch, die meinen Namen trug. Er provozierte von Anfang an.

– Unbescholtener Bürger, was?

Ich nickte. Dorst zog ein Papier aus dem Ordner.

– Kleiner Auszug, ich lese mal vor: Verfahren wegen versuchten Bankraubs, Autodiebstahl, Ordnungswidrigkeiten en masse...

Das war irre! Jetzt wurde aus Sachen wie meinem Ausrasten beim Verlust der Scheckkarte das Sündenregister einer kriminellen Karriere gestrickt. Und das mit dem Autodiebstahl war ein Treppenwitz.

– Ich war damals neunzehn Jahre alt, sagte ich.

– Um so schlimmer, dass Sie da schon Autos knacken wollten.

– Blödsinn!

Ich haute auf den Tisch. Ich hatte damals für eine Firma gearbeitet, die schwarz abgestellte Altautos aus der Stadt auf einen Schrottplatz schaffte. Man bekam einen Schein, auf dem Typ und Standort des Fahrzeugs aufgeführt waren. Nummernschilder hatten die alle keine mehr. Und an jenem Tag fuhr ich nach Schwabing, um einen beigen VW-Käfer mitzunehmen. Ich fand ihn schnell, haute mit der Spitzhacke das Fenster ein, um die Tür öffnen zu können, trat in das Lenkrad, um das Schloss zu knacken, hängte den Haken vorne an der Achse ein, zerrte den Wagen aus der Parklücke und schaffte ihn auf den Schrottplatz. Was ich nicht wusste, war, dass das Altauto schon von einem Kollegen abgeholt worden war und ich einen Wagen zerlegte, den sich ein Bastler gerade gekauft hatte. Der Besitzer stand während meiner Aktionen oben in seiner Wohnung und protokollierte alles mit, weil er darauf setzte, dass er damit und mit einer anschließenden Anzeige am meisten aus der Sache rausholen konnte. Und so war es auch.

– Nette Geschichte, sagte Dorst, geht mir aber ziemlich am Arsch vorbei. Schauen Sie mal da!

Er legte mir ein Foto vor. Es zeigte mich am Steuer meines Busses. Darunter war die Geschwindigkeit aufgeführt. Ich war siebenundachtzig Stundenkilometer gefahren.

– Na und? Soll ich gleich bezahlen?

Dorst tippte auf die Uhrzeit und das Datum.

– Schauen Sie mal da, lesen Sie: Das war genau zehn Minuten, nachdem die *Oase* in Flammen aufgegangen ist. Zwei Tote, einige Verletzte. Und Sie brettern auf der Ingolstädter Landstraße stadtauswärts.

Er wartete auf eine Reaktion. Da sie nicht kam, haute er weiter in die Kerbe.

– Dann gibt es so seltsame Geschichten von einem Mönch, der durch die Gegend zieht und Leute mit dem Totschläger bedroht. Wir haben eine Personenbeschreibung von Fanny Berghammer und eine deftige Schilderung von Peter Stoltzenburg. Möchten Sie wissen, was wir in Ihrem Bus gefunden haben?

Eine Zeit lang befürchtete ich, es handle sich um die Kalaschnikow. Ich war eigentlich sicher, sie in Hinnerks Schuppen geschafft zu haben.

– Eine Kutte und einen Totschläger.

Das war knapp gewesen!

– Beim Motiv müssen wir gar nicht groß rätseln: Sie machen alle platt, von denen Sie vermuten, dass sie Ihrer Nichte etwas angetan haben.

Dorst erhob sich, stützte sich mit beiden Armen auf dem Schreibtisch ab und beugte sich vor zu mir.

– Wissen Sie, was ich mir jetzt wünsche?

Ich schüttelte den Kopf. Was er hören wollte, war mir klar, aber er sollte es wenigstens sagen müssen.

– Ein blitzsauberes Geständnis!

Ich bat ihn um zwei Zigaretten und ausreichend Zeit, sie in Ruhe rauchen zu können. Eine Frist, um mir alles noch einmal durch den Kopf gehen zu lassen. Dorst öffnete die Schublade des Schreibtischs, holte ein Päckchen hervor und warf es mir hin.

– Ich gehe was essen. In zwanzig Minuten stehe ich hier wieder auf der Matte. Rauchen Sie in der Zwischenzeit, rauchen Sie und denken Sie nach!

Er verschwand. Die Tür sperrte er hinter sich zu. Die Fenster waren ohnehin vergittert – ich war im Knast. Für einen Katholiken hatte ich inzwischen eine herausragende Bilanz, denn ich hatte nicht nur das Beste gewollt, sondern dabei tüchtig eingesteckt und war auf geradem Weg, ein Märtyrer zu werden. Für einen Protestanten war sie per Saldo katastrophal, denn bei allen meinen Bemühungen war nichts herausgekommen, das Resultat war Null Komma Joseph.

Ich überlegte alles noch einmal durch. Die Russen zu belasten, war mir scheißegal, im Gegenteil, wenn ich die irgendwie hinhängen könnte, würde ich es tun. Von den Italienern wusste ich nichts, jedenfalls von ihrem militärischen Flügel. So gab es im Grunde genommen wenig, was ich nicht erzählen durfte. Genau so wollte ich es halten.

Dorst kam mit einem Zahnstocher im Mund zurück.

– Und, alles klar?

Ich nickte und begann mit meiner Geschichte.

– Momentchen, fiel mir Dorst ins Wort, das zeichnen wir doch gleich auf. Einverstanden?

Ich nickte noch einmal und begann mit meiner Geschichte von vorn. Dorst lief auf und ab. Fragen stellte er kaum. Dass meine Geschichte ziemlich gut war, das konnte er an dem Zeit- und Ereignisraster überprüfen, das er exakt genug im Kopf haben musste. Als ich geendet hatte, nahm er wieder Platz.

– Sie suchen Ihre Nichte und geraten dabei in einen Bandenkrieg. So ähnlich, nicht wahr?

– Genau.

– Und genau das ist der Haken. Die Russen sind ein krimineller Haufen, okay, aber jeder für sich. Und die Italiener, irgendwelche Killer mit Hut, au Mann, das ist eine dermaßen abgenudelte Ausrede! Schauen Sie mal hierhin!

Er deutete auf seine linke Backe.

– Da kriege ich spontan Zahnweh. Seitdem ich hier Polizist bin, haben wir es in München noch nie mit Banden zu tun gehabt. In Palermo oder Moskau, meinetwegen. Aber hier in München haben wir keine Russenmafia und keine Italienmafia. Gerüchte. Märchen.

Dorst näherte sich mit seinem Gesicht dem meinen auf wenige Zentimeter, so dass ich den Sauerbraten riechen konnte, den es heute in der Kantine gegeben hatte.

– Es gibt in München keine Mafia, und es wird auch nie eine geben. Deshalb ist alles, was Sie erzählt haben, Bullshit. Ganz einfach Bullshit.

Er rief einen Kollegen über Telefon.

– Der Kollege Füchsel bringt Sie in die Zelle und klärt Sie über Ihre weiteren Rechte auf.

Füchsel schob mich aus dem Zimmer. Jetzt packte mich die Wut. In der Tür blieb ich stehen und drehte mich um.

– He, Dorst!

Dorst zog die Augenbrauen hoch.

– In der Kategorie menschliche Größe hat man Sie soeben für das Würstchen nominiert.

– Pscht, machte Füchsel und zog mich weg.

Wir gingen den langen Gang hinunter. Ich fragte ihn, was der Grund für meine Arretierung sei. Füchsel schaute auf das Papier, das er bei sich hatte.

– Oh je, das ist eine ganz lange Liste.

Er reichte mir das Papier. Ich überflog es. Danach war ich

ein Schwerverbrecher. Auf ein, zwei Delikte mehr oder weniger kam es zwar nicht an, trotzdem fiel mir das letztgenannte unangenehm auf.

– Und was bitte soll das sein?
– Versuchter Betrug.
– Wie bitte?
– Leibowitz, den kennen's oder?
Ich nickte.
– Dem haben Sie eine gefälschte Brosche oder so was angedreht.

Der Humor der Münchner Polizei ist manchmal ziemlich derb. So kam es, dass ich für zwei Tage einsitzen musste.

47

Wieder richtig ausschlafen können, keinen Alkohol und Schonung rundum – solche Wohltaten hätten in jeder anderen Situation durchaus einen Reiz gehabt. Man kommt wieder zu sich. Ich aber wurde von Alpträumen geplagt, die weniger mit mir als mit Pia und Boris Zakow zu tun hatten, der offenbar immer noch frei da draußen herumlief. Ansonsten bekam ich regelmäßig Essen und wurde in Ruhe gelassen. Nach zwei Tagen am Samstag gegen fünfzehn Uhr kam mein Freund Füchsel. Unter dem Arm hatte er eine braune Tüte mit den Sachen, die sie mir abgenommen hatten, und eine Zeitung. Er sperrte auf.

– Und, fragte ich, was wird das jetzt?

– Frei! Sie können gehen.

Er stellte die Tüte neben mich. Ich stand so schnell auf, dass mir schwindlig wurde.

– Warum so plötzlich?

Er reichte mir die Zeitung. Es war die Wochenendausgabe der *Abendzeitung*.

– Die soll ich Ihnen geben, sagt der Herr Inspektor.

Ich schlug die Zeitung auf. *Grausiger Fund* war die Überschrift. Derart aufgemachte Storys sind normalerweise nicht mein Ding, aber die hatte es in sich: Ein Spaziergänger, wie immer einer aus der Rentnertruppe, die sich Tag und Nacht auf der Suche nach Zerstreuung mit ihren Dackeln in den Isarauen herumtreiben, hatte diesen Fund gemacht. Beim Tierpark Hellabrunn war der Dackel Rixi unruhig geworden, hatte angefangen, im Gebüsch am Boden zu wühlen und zu graben. Dabei beförderte das Tier Überreste eines menschlichen Körpers zu Tage. Das Teil war zweifelsfrei als männliches Glied zu erkennen, das eine noch gut sichtbare Tätowierung aufwies.

Jetzt setzte es mich auf den Hosenboden. Ich spürte einen heftigen Hitzeandrang.

Anhand der Tätowierung, einer Schlange, die um das Glied wie um einen Äskulapstab herumgeführt war, und einer DNA-Analyse konnte der Tote als Boris Zakow identifiziert werden. Die Suche nach weiteren Leichenteilen war zwar noch im Gang, jedoch bislang ohne Erfolg. Über Tathergang und Hintergründe schwieg sich die Polizei aus, vermutet wurde jedoch, dass Zakow Opfer eines Bandenkriegs geworden war.

Ich schmiss die Zeitung hin. Dieses Problem hatte sich also erledigt. Nie würde ich versuchen herauszubekommen, wer für die Tat verantwortlich zu machen war. Mir genügte die Gewissheit, dass dieser Schwanz keine jungen Frauen mehr traktieren würde. Füchsel beobachtete mich mit Interesse.

– Alles in Ordnung, fragte er.
– Danke, bestens.

Füchsel griff in seine Tasche und zog eine Karte hervor.

– Eine Geschichte hat sich noch nicht erledigt: Die ist vom Leibowitz. Rufen's den Mann doch an, ich glaube, mit dem kann man reden.

Ich nickte mechanisch. Dann taperte ich hinter Füchsel her, der mir die letzten Türen aufsperrte. Am Ende gab er mir die Hand.

– Alles Gute. Und lassen's Ihnen nie wieder da blicken.

48

Ich hätte es wissen müssen, weil es unvermeidlich war: Als ich unten im Hof des Präsidiums stand, sah ich Dorst. Er wirkte aufgeräumt und zivil und war gerade dabei, die Tür seines BMW aufzusperren. Er bemerkte mich und lächelte schüchtern auf eine Weise, die ich an ihm noch nicht kannte.

– Und? Tutto bene, fragte er.
– Danke. Und Sie?
– Bestens. Jetzt ist Feierabend. Wochenende dazu.

Er musterte mich eindringlich.

– He, he, he! Jetzt schieben Sie bloß keinen Riesenfrust vor sich her. Okay, Sie einzubuchten, das war herb, aber was Sie hier in den letzten Tagen abgeliefert haben, das war auch nicht ohne. Schuss vorn Bug, das musste mal sein.

Ich schwieg verbissen.

– Okay, Gossec. Ich entschuldige mich bei Ihnen und versichere Ihnen in aller Form, dass Sie bei mir ein verdammt großes Ding gut haben. Passt das so?

Ich ging langsam auf ihn zu. Dorst streckte mir die Hand entgegen und lächelte wieder.

– Sie sind jetzt nicht mehr im Dienst, und ich habe was richtig Großes bei Ihnen gut?

– Na klar, erwiderte Dorst. Wollen Sie einen mit mir trinken gehen?

– Lieber nicht, sagte ich, aber das große Ding, das löse ich gleich an Ort und Stelle ein.

Ich holte aus und verpasste ihm einen Haken, der ihm den Kopf zurückriss und das Männlein quer über die Motorhaube seines Wagens schlittern ließ. Ich wartete nicht ab, bis er sich wieder aufgerappelt hatte, sondern machte auf dem Absatz kehrt und marschierte los. Ich ging den ganzen Weg zu Fuß und spürte, wie tiefe Ruhe und innere Heiterkeit in mir einzukehren begannen.

In der Zenettistraße suchte ich geradewegs Sabatino auf. Dieser Abstecher war fällig. Ich hatte einen Riesenhunger und wollte hören, was aus dieser Ecke kam. Sabatino empfing mich wie einen alten Freund und klopfte mir Schulter und Rücken ab, als sei ich ein Edelross, das soeben den großen Preis von Daglfing gewonnen hatte. Ich bestellte Pasta und Wein.

– Hast du das gelesen heute in der *Abendzeitung*?

Sabatino gab sich schockiert.

– Das mit dem Dackel? Madonna, ja, ist das furchtbar! Wer so was macht, Schwanz abschneiden, der ist doch kein Mensch.

Zweifelnd schaute ich ihn an, war ihm aber unendlich dankbar, dass er das so sagte. Als ich gegessen hatte und zahlen wollte, winkte er ab.

– Nix da!

Dann griff er unter die Theke und gab mir einen Umschlag.

– Von der Firma, sagte er. Kleine Überraschung für dich. Wegen Carmello.

Ich befühlte den Umschlag, innen war etwas Knubbeliges.

– Wo steckt er eigentlich?

– Carmello?

Sabatino breitete die Arme aus. Dann grinste er.

– Kleiner Erziehungsurlaub in Italien, capito eh?

Schließlich winkte er mich noch zu sich heran.

– Leute mit Hut gibt es hier nicht mehr.

Ich konnte nun also wieder ohne Gefahr für Leib und Leben meinen Laden und meine Wohnung betreten.

49

Schon von weitem sah ich, dass in meiner Einfahrt ein Fahrzeug stand. Rübl umkreiste und befühlte es. Es war ein weißer, geräumiger Fiat Ducato. Ich öffnete das Kuvert, das mir Sabatino gegeben hatte, und begriff, dass es die Schlüssel für diesen Transporter enthielt. So einen hatte ich mir schon immer gewünscht, geräumig, schnell, vor allem aber neu und lange pannenfrei.

– Sakrament, sagte Rübl, ist das deiner?
– Logisch.
– Wie heißt du denn eigentlich?
– Gossec. Wilhelm Gossec.

Er schüttelte mir jovial die Hand. Dann nahmen wir den Wagen zu zweit in Augenschein. Alles war top und durchaus zweckmäßig, aber nachdem die erste Vorfreude verflogen war, wusste ich, dass ich diesen Wagen unter keinen Umständen behalten würde. Mochte ja sein, dass ich ein arrogantes Arschloch war oder ein Blödsack, der nicht hinlangen konnte, oder gar ein hirnverbrannter Moralist, aber wenn es nicht nach meinem Kopf ging, wenn ich nicht so konnte, wie ich wollte, würde mir der Krebs in den Hoden, die Prostata, das Hirn oder sonst ein edles Teil fahren. Ich wollte niemand etwas schuldig sein, buckeln sowieso nicht, denn wer sich einmal verbiegt, bleibt ein Leben lang krumm. Vergiss es! Ich sperrte den Wagen zu und steckte den Schlüssel wieder in den Umschlag zurück. Ich würde ihn Dimauro per Post zuschicken. Dabei fiel mir der Zettel auf, den sie dazu gesteckt hatten. *Flößerhof,* stand da. Auch die Adresse war beigegeben. Ich kannte das Lokal. Der *Flößerhof* ist ein Biergarten, der von Thalkirchen aus ein Stück weit flussaufwärts liegt. Aber was sollte das? Rübl unterbrach mein Sinnieren.

– Was ist? Trinken wir noch einen bei mir?

Donnerwetter, das war ein Angebot! Ich war auf ein Bier mit dem Hausherrn eingeladen. Kurz darauf schlappte ich hinter Rübl die Treppe hoch. Vorsichtig öffnete er die Wohnungstür. Zwei Katzen, die im Gang gewartet hatten, stiebten auseinander. Mit einer Handbewegung wies er mich an, noch zu warten, dann stieß er Lockrufe aus, die von einem ebenso gemaunzten *Besu-uch*! abgeschlossen wurden.

– Sie kennen dich noch nicht, erklärte er mir.

Endlich durfte ich eintreten. Mir war klar, dass viele auf der Schwelle zur totalen Vereinsamung sich Tiere ins Haus holen. In Rübls Wohnung roch es so streng wie im Zoo. Schon im Gang sah man, dass die Katzen die Schränke nutzten, um sich die Krallen zu schärfen. Auch die Tapeten waren bis zu einem halben Meter Höhe abgeschabt. Im Gang bewegte man sich knackend auf Katzenstreukrümeln. Jemand hatte mir erzählt, dass es Rübl nie lange mit seinen Freundinnen ausgehalten hatte, immer gab es ein Zerwürfnis, und sie trennten sich wieder. Für seine beiden Katzen hatte er alles aufgegeben. Aber sie waren ja auch anders, sie maulten nicht, lehnten sich nicht auf und freuten sich immer, wenn er nach Hause kam.

Ich versuchte ein Gespräch über Autos, aber Rübl wollte erst ein Bier holen. Er brachte Gläser und Bier auf einem Tablett. Als alles zum Einschenken gerichtet war, sah er, dass die Tischplatte staubig war. Er ging wieder in die Küche und kam mit einem nassen Schwamm zurück. Nun wischte er ein wenig um die Gläser herum, bemerkte, dass es ein Provisorium blieb, stellte Gläser und Flaschen wieder zurück, platzierte das Tablett vorläufig auf dem Sofa und säuberte den Tisch gründlich. Jetzt war aber alles nass, deshalb verschwand er noch einmal, kam mit einem grünen Frotteehandtuch zurück und polierte damit die Tischplatte. Das Handtuch war offenbar ohnehin für die Wäsche bestimmt, und so sparte er es sich, ein frisches Tuch zu beflecken. Ich merkte, dass das eine saudumme Idee gewesen war, mit ihm hochzugehen. Schon beim Zuschauen wurde man bei diesem Menschen wahnsinnig. Es wurde ein schnelles Bier, und auch Rübl war dankbar, dass ich mich wieder verabschiedete.

Ich ging nach unten in meine Wohnung. Rübl schaltete, so hörte ich noch, den Fernsehapparat ein. Ich sperrte auf und freute mich, endlich wieder in meinen eigenen vier Wänden zu sein. Die gute Nachricht war zudem, dass es im Kühlschrank noch Prinzenkeks und Eistee gab. Außerdem reichlich Tabak. Ich machte mir ein schönes Tellerchen und setzte mich hinaus in den Hof. Von oben durchs offene Fenster hörte man Rübls Fernseher. Dazu unartikulierte Schreie. Ich wusste ja, dass er alleine war. Wahrscheinlich war er von dem Geschehen im Film so erregt, dass er mitschreien musste.

Auch draußen in der angenehmen Kühle fand ich keine Ruhe. Es nagte in mir, ich überlegte herum. Ich dachte, ich sollte, bevor ich mich weiter herumquälte, die Sache lieber an

Ort und Stelle klären. Also holte ich mein Fahrrad heraus und fuhr nach Thalkirchen hinunter. Neun Uhr abends war schließlich noch keine Zeit.

50

Ich fuhr gleich hinüber zu den Flaucheranlagen, dort unter den Bäumen zu radeln war angenehm kühl. Hinter der Thalkirchner Brücke beginnt die Zentralländstraße. Am gleichnamigen Kanal landen auch heute noch Flöße, die von Wolfratshausen herunter kommen. Was da an der Anlegestelle vom Floß gezerrt wird, ist ein derangierter, heillos betrunkener Haufen gröhlender Leute, die fassweise Bier vernichtet haben, wie gern mit viel *Har! Har!* angemerkt wird, und nun – sofern sie keinen Filmriss haben – mit einem unvergesslichen Erlebnis gesegnet nach Hause torkeln. Gleich gegenüber befindet sich ein Ausschank in sozialistischer Tradition, der Garten der Naturfreunde, in dem Biergenuss in freier Natur als Quelle der Erholung gemeinsam erkundet und angeeignet wird. Nur wenige hundert Meter weiter befindet sich der *Flößerhof*. Ich stellte mein Rad ab, kaufte mir eine Maß an einer der Buden draußen und setzte mich auf eine der Holzbänke. In einem Teil des Lokals, kenntlich an den blauweiß gedeckten Tischen, wurde bedient, im anderen, in dem ich saß, holte man sich Essen und Trinken selbst oder verzehrte Mitgebrachtes.

Konzentriert schaute ich auf das fröhliche Treiben, um

mir einen Reim darauf zu machen, was die Italiener mir mit dem Hinweis auf dieses Lokal sagen wollten. Was mir durch den Kopf ging, war so banal wie die Meldungen in der Rubrik *Vermischtes* einer Tageszeitung: Das Leben ist schön. Viele Mädchenbäuche sind reizend, manche weniger. Der Förster aus dem Silberwald würde heute noch in keinem Münchner Biergarten auffallen. Ohne BH sieht man keine Frau mehr, mit Krawatte so manchen Mann. Das statistische Mittel des Brustumfangs bei jungen Frauen hat seit den fünfziger Jahren stetig zugenommen, wahrscheinlich ist die überreichliche Versorgung der weiblichen Bevölkerung mit Zuckerprodukten dafür namhaft zu machen. Männer mögen Fleisch, aber sie mögen es nicht, wenn von ihrem Teller genascht wird.

Hin und wieder waren die derben Scherze von oberbayerischen Lederhosenmännern zu beobachten. Der eine wettete mit dem anderen um eine Tischrunde, dass dieser es nie schaffen würde, einen astreinen Kopfstand auf der Bank zu machen. Als der ohne jedes Problem in den Kopfstand ging, stand sein Kumpel auf und goss ihm das Bier in den Schritt.

Zwischen solchen Darbietungen und durchaus schönen, aber überflüssigen Gedanken schaute ich durch die Tür in das Innere des Lokals. Jetzt sah ich, dass oben an der Tür der Inhaber des Lokals aufgeführt war: Mario Spadolini. Es gehörte also den Kalabresen. Ich guckte nun aufmerksam hinein. Der Mückenvorhang aus Glasperlen, der hier in Isarnähe gute Dienste leistete, war hochgebunden, so dass ich an der Theke drinnen nur Menschen ohne Oberkörper herumlaufen sah. Dabei wippte immer wieder der Arsch einer Frau ins Bild, den ich in meiner Aufgeräumtheit als einen der schönsten Münchens hätte bezeichnen mögen. Und da ich mir über dies und das Gedanken machen sollte, dauerte es, bis ich ihn wirklich registrierte. So einen Arsch konnte in München nur eine spazieren tragen, ein abgefeimtes, widerliches Miststück, das seinen alten Onkel in die Falle lockte und ihn Russen, Italienern und Bullen zum Fraß vorwarf, ohne mit der Wimper zu zucken. Ich schaute ganz genau hin und hatte schließlich überhaupt keinen Zweifel mehr, dass das da drinnen Pia war.

Wie ein Sendbote des Fegefeuers tauchte Onkel Tom auf, der Fürst der Schwermut. Er setzte sich unter eine Kastanie, schlug leise ein paar Akkorde an und begann zu singen. Diese ewige Bluesscheiße von wegen Sonne draußen und Regen drinnen. Und dass sie heute Morgen abgehauen ist. Mit einem anderen Mann. Was man nur hinausschreien kann. In die Baumwollfelder. Und alles noch mal von vorn, weil so ein gottverdammter Schmerz nie ein Ende, aber einen Refrain hat.

Ich hätte weinen mögen. Da saß ich hier draußen, schluckte an meiner Maß, und die Ereignisse der letzten Tage zogen an mir vorüber. Sieben Tage lang hatten sie mich durch die Mangel gezogen, sieben Tage war ich in der Hölle wegen eines Scheißluders, das in der Zwischenzeit womöglich nur den Job gewechselt hatte. Was man eigentlich hinausschreien müsste. In die Baumwollfelder. Und alles noch mal von vorn, weil so ein Bier viel zu schnell zu Ende ist.

Ich holte mir eine weitere Maß und stierte in den Krug wie in einen Fernseher. Am Grunde erschaute ich schließlich etwas vollkommen anderes: Wovor hatte ich am meisten Angst gehabt? Dass Pia tot oder in den Händen dieser schmierigen Zuhälter war. Und Pia? Sie hatte es irgendwie geschafft abzuhauen und hatte ohne Zögern ihr früheres Leben hinter sich gelassen. Sie war keine Sängerin mehr, lebte nicht mehr in Grünwald und war nicht vor mir, sondern vor Drogen und Prostitution davongelaufen.

Ich winkte Onkel Tom. Er kam an den Tisch, und ich gab ihm einen Schein.

– Alles klar, fragte er, als ob er mir ansehen würde, was mich umtrieb.

Ich nickte. Er schulterte seine Gitarre und verschwand in der Dunkelheit. Alles mühlte noch eine Weile in meinem Hirn. Inzwischen wurde der Biergarten allmählich dicht gemacht. Endlich erhob ich mich und ging hinein. Pia stand hinter der Theke und wusch Gläser. Sie schaute auf und bemerkte mich sofort. Forschend sah ich sie an, verlegen senkte sie ihren Blick. Schließlich lächelte sie.

– He, Gossec! Jetzt bist du ja doch noch gekommen.

Ich nickte. Sie küsste mich auf beide Wangen.

– Geht es dir gut?

Pia zuckte die Achseln.

– Wird noch.

– Hast du einen Moment Zeit?

Pia guckte sich um, ein schwarzhaariger junger Mann hinter ihr nickte ihr aufmunternd zu. Sie zog mich an einen Tisch.

– Wie kommst du hierher?

Pia runzelte die Stirn.

– Lange Geschichte.

- Mach sie kurz. Das meiste weiß ich ohnehin. Sascha ist tot, ihr wart total zugeballert, Zakow hat diese Aufnahmen mit euch gemacht. Und dann, wo warst du?
- Zakow hat mich unter Verschluss gehalten. Hat mich in seinem Haus in ein Kämmerchen eingesperrt.
- Habe ich gesehen. Im Keller.
- Plötzlich war er verschwunden. Er kam nicht mehr zurück. Da habe ich versucht, aus seinem Haus abzuhauen. Fenster eingeschlagen, aber das Gitter konnte ich nicht beiseite schaffen. Plötzlich stand Carmello vor der Tür.
- Carmello?
- Ja. Er ist allerdings nicht mehr hier. Seine Familie hat ihn nach Italien zurückgebracht. Er dürfe vorläufig nicht wieder nach München zurück, sagte er. Aber er hat mir noch über einen Freund diesen Job vermittelt. Seit gestern bin ich nun hier.
- Ach?

Ich sparte mir genauere Erläuterungen, wie das alles miteinander zusammenhing und wer die Kalabresen waren.
- Drogen, Karriere, Puff? Ist da noch was?
- Von all dem, was war, will ich nichts mehr wissen.

Sie musterte mich.
- Siehst mitgenommen aus.
- Wird schon wieder. Man ist ja nicht mehr der Jüngste.

Pia wurde ganz ernst.
- Verstehst du, bei mir geht es um alles: mein ganzes Leben, mein Glück. Das stand komplett auf dem Spiel, fast habe ich alles verloren. Und jetzt habe ich mich definitiv entschieden: Schnitt, noch mal von vorn!
- Wo wohnst du jetzt?

– Drüben in der Au habe ich ein Zimmer. Ich schreibe dir die Adresse auf.

Zum Abschied küsste sie mich wieder auf die Wangen. Ich war schon fast aus der Tür, als ich sie nach mir rufen hörte.

– He, Gossec!

Ich drehte mich um.

– Gibt es noch das Bettsofa für mich? Im Notfall?

Ich nickte und streckte den Daumen nach oben.

51

Ich schlief lange in den Sonntag hinein. Dann frühstückte ich ausgiebig. Nach der zweiten Zigarette rief ich bei Iris an und sagte ihr, dass mit Pia alles in Ordnung sei. Anschließend telefonierte ich mit Hinnerk. Er klang etwas spröde, als ich mein Kommen für den Nachmittag ankündigte. Als ich auf seiner Terrasse saß und zuguckte, wie Olga, sichtlich munter und erholt, Rosen hochband und Beete beharkte, verstand ich. Ich war in eine Idylle geplatzt.

– Hinnerk!

Erschrocken wendete er sich zu mir.

– Vergiss es!

– He, du Arschloch, da war nichts.

– Und dein verträumter Blick?

– Na ja. Sie gefällt mir, okay? Und warum soll ich sie vergessen, wenn ich fragen darf?

– Zu jung. Außerdem muss sie wieder nach Hause zurück. Zu ihrer Familie.

– Aber hier hätte ich doch etwas für sie tun können.

– Kannst du auch so: Spendier ihr den Flug und eine Ausstattung.

Hinnerk atmete tief ein. Dann nickte er.

– Hast du schon mal den Dalai-Lama-Test gemacht, Hinnerk?

Hinnerk schüttelte den Kopf.

– Aber von Buddhismus verstehst du ein bisschen was?

– Ehrlich gesagt: gar nichts.

– Wiederkehr des Gleichen, noch nie gehört?

Er lächelte verlegen und schüttelte noch mal den Kopf.

– Worauf willst du hinaus?

– Dass wir alles noch mal, aber immer besser machen.

– Was heißt denn das?

– Kartoffelsalat und gegrillte Bratwürste, wie letztes Wochenende!

Hinnerk ging achselzuckend ins Haus. Drinnen werkelte er vor sich hin. Er machte Kartoffelsalat mit Gurken. Dazu würde es die Bratwürste geben. Über dem Feuer gegrillt. Ich hielt mich weiter ans Weißbier, drei hatte ich schon intus, aber auch sonst war es etwas kühler geworden. Ein sanfter Wind zog über die Hügel. Von meiner Liege aus hatte ich den Bach im Blick. Die letzte Woche kam mir immer absurder vor. Widersinnig. Eine Schrunde in meinem Leben. Aber einer wie ich fängt sich hin und wieder ein paar Kopfnüsse ein. Schicksal, Kismet, Karma – oder wie man das als Buddhist eben nennen möchte.

MAX BRONSKI
IM VERLAG ANTJE KUNSTMANN

München Blues
176 S. Euro 16,90
ISBN 978-3-88897-463-2

Schampanninger
176 S. Euro 16,90
ISBN 978-3-88897-523-3

Nackige Engel
208 S. Euro 16,90
ISBN 978-3-88897-523-3

erscheint im Frühjahr 2010

»Krimis, in denen alles steckt, was man sich von München erwartet – Sterneköche, Kokshändler, Grattler, Geld. Eine Reihe, die Bayerns Hauptstadt besser auf den Punkt bringt als so mancher Gesellschaftsroman.« *Andrian Kreye, SZ-Magazin*